桃花酿

西湘 —— 著

宁波出版社
NINGBO PUBLISHING HOUSE

图书在版编目（CIP）数据

桃花酿 / 西湘著. — 宁波 ： 宁波出版社，2019.9（2023.1重印）

ISBN 978-7-5526-3549-2

Ⅰ. ①桃… Ⅱ. ①西… Ⅲ. ①故事—作品集—中国—当代 Ⅳ. ①I247.81

中国版本图书馆CIP数据核字(2019)第092573号

桃花酿

著　　者　西　湘
出版发行　宁波出版社
地址邮编　宁波市甬江大道1号宁波书城8号楼6楼　315040
网　　址　http://www.nbcbs.com
出版策划　苏　辛　孙小天　午　歌
责任编辑　陈姣姣　汪　婷
执行编辑　张　溟
责任校对　叶呈圆　李　强
装帧设计　仙境设计
印　　刷　三河市嵩川印刷有限公司
开　　本　880mm×1230mm　1/32
印　　张　8.5
字　　数　140千字
版　　次　2019年9月第1版
印　　次　2023年1月第2次印刷
标准书号　ISBN 978-7-5526-3549-2
定　　价　39.90元

假如在一个晴朗的日子，你来到彩云之南、苍山洱海之畔，这座被传说了又传说的古城小镇。

它就安静地卧在苍山之下，城内人群密集处都是故事，城外山水云烟间都是风光。

她最喜欢的还是下山口附近那一段。就像此处一样，公路两面都是开阔整齐的田野，春天的时候一片新绿，秋日里一片灿黄。如早晨或是傍晚经过，会有极美的烟霞笼罩。（《渣男启示录》）

云南是冬樱的原产地。北方人还在寒风中发抖，大理已冬樱盛放，将古城笼入一片粉色云霞中。

大理的路都很美，且不说盛名在外的环海路，就是寻常的乡村小路也都有一种朴素安逸的美。（《渣男启示录》）

洱海不是海，是大理必须妥善安放的柔情。多数时间，它明亮而沉默，接受你对它的一切投映。

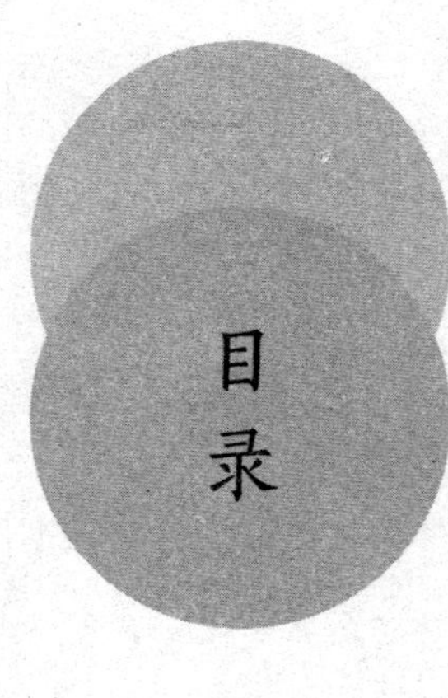

目录

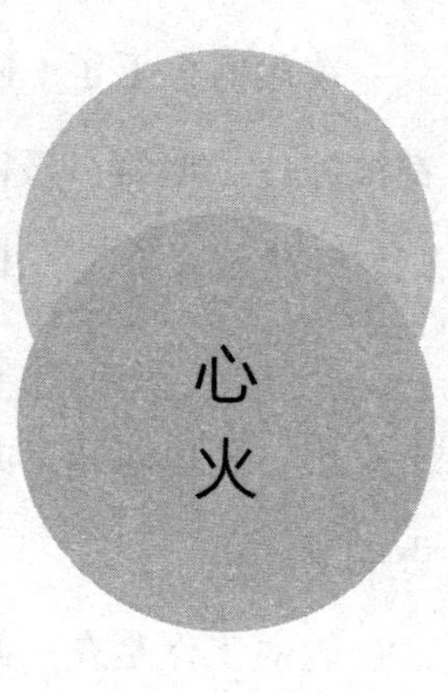

心火

语言失去效用，世界变得清凉。

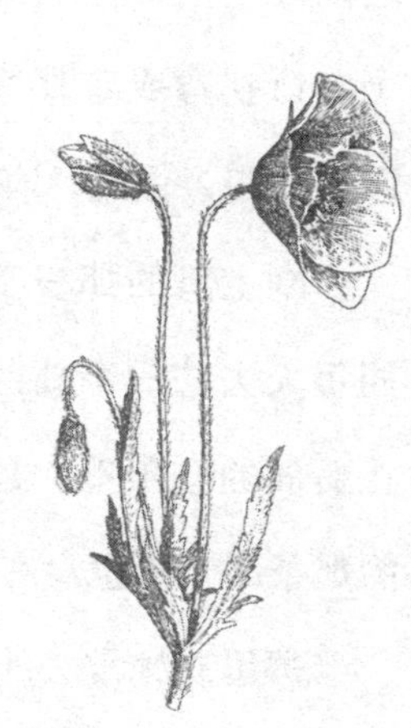

凌晨时分下了一阵冷雨，灰白的水泥路变成山青色，天都被冻住了似的，显得阴沉而坚实。寒气像一把锋利的刀在门口埋伏着，等人一出来就冷不防劈人一跟头。

大理很少会有这么冷的时候。这样的天气对子玉来说是个灾难，可想而知，办公室里等着她的是多少火烧火燎的投诉电话。

她的工作是在一间局促的办公室里接听故障报修和投诉电话。这样的早晨，要突破寒冷的围堵投入已经厌恶到极点的工作里去，就像努力从一个冰坑里爬出来再跳入一个火坑，让人生无可恋。

她的住处在月溪村，上班的地方在博爱路北，往返两者之间几乎要经过纵横大理城的每一条街巷，她可以在任何一个路口拐弯或者直行，一共有十几条路线可供选择。虽然是殊途同归，但是，有选择到底是一件好事。

刚上班的那一年里，她把那十几条路线轮番地走着，如同每天去往一个新的地方——要是人生也能这样那该多好。在后面的几年里，她不再欺骗自己，选定了人民医院后门口的那条路，再也没有换过。

那里有她常去的一家小店。

那家店很小，不到十平米，连招牌也没有。店里一半用来做操作台，另一半的空地靠墙摆着两张小桌，半面玻璃墙冲着街面，玻璃上贴着菜单，主要卖拌饭和面条、米线之类的简餐，其特色是所有的餐食都与菌子相关。这正合子玉的口味。

小店是一对夫妇在经营。

子玉第一次去那家店是跟前同事何皎皎一起。何皎皎熟练地要了一碗茶树菇鸡汤面，然后站在一旁等她，她把玻璃上贴的菜单扫了两遍以后说：“我要菌香猪颈肉拌饭。”何皎皎微笑着看着老板娘，指着玻璃上写了“菌香猪颈肉拌饭”的那一行字给她看，后者点点头。

子玉愕然，将询问的眼光投向何皎皎，后者点了点头，没说话。子玉也马上陷入沉默中，虽然说话他们也听不到，但是她突然无端地觉得语言就像第六指一样尴尬而多余。

拌饭味道挺不错。猪颈肉是用一种非常特别的菌子做成酱料腌制而成的，肉香与菌香交融，令人垂涎。

在这个残酷世界生存，果然要有一技傍身。否则，只怕身体健全也只能去做供人发泄的“机器”，就像我这样。子玉想。

这是她第一次见到聋哑人开店做生意。很奇怪，她知道这世界上有许许多多聋哑人，却从不知道他们靠什么生活，也不知道他们是如何将自己隐匿在这世界中的。她敢说，这世界上绝大部分人都跟她一样，从来没有想过他们是如何生活的。

一个不能听、不能说的世界是什么样子的呢？子玉忍不住展开遐想。

她每天在那窄小的办公室里接听无数个不明身份的电话，接受大篇幅的莫名的质问、教训、讽刺、羞辱，其实他们真正要说的只是一句半话而已——住址加需要维修的机器型号。职责不允许她挂断来电，于是她每天要被逼观赏人们心中那些泛着酸、带着臭的阴暗的淤积物。

“真希望全世界都是聋哑人。”有一天被一个客户在电话里问候了祖宗八辈以后，子玉忍不住如是说。

“神经病啊你。”何皎皎笑了。她也常常被客户骂，却从不以为意。她的招数是在心里默念“不听不听王八念经”。可是子玉却死也做不到——明明听见了啊！为什么在同一件事情上，每个人的感受差异那么大呢？

何皎皎就从不抱怨那些客户，她抱怨的是没有编制。虽然坐在同一间办公室，做着同一份工作，两个人的待遇却相差很多。子玉是靠家里关系进来的，何皎皎虽然也找了关系，但是关系不够硬，只能做合同工。她已经在排队等编制的路上熬了五年。

平心而论，这份工作很轻闲，在没有客户来电刁难的时候，她们可以一整天坐在办公室玩：上网、看书、发呆。子玉觉得，这份工作虽然是家里安排的，其实也是因为自己懒，贪图这份安逸，要说有什么人格受辱或者身心遭创，那也只能说是自找的。

谁一生中的事情不是自找的呢，除了投胎这回事。

第二次去那家店的时候只有子玉一个人。

何皎皎终于放弃了无望的等待，果断辞职回家做少奶奶去了，当然，主要是因为她怀孕了。她男朋友家是做茶叶生意的，来云南已经多年，在昆明、版纳、大理、丽江都有店，很有钱，据说光订婚戒指就花了十多万，而何皎皎的工资才刚过两千。

子玉能想象何皎皎在决定辞职那一刻的痛快，去他大爷的编制，老子不干了。打一份工，最爽的就是说“老子不干了”的那一刹那吧，子玉忍不住遐想。

“菌香猪颈肉拌饭。”她径直走进店里，一屁股在凳子上坐下。

那天她被人投诉了，因为在跟一个难缠的客人通电话时拒绝回答对方的问题——不能挂断对方来电是底线，然而不回答对方羞辱性的提问也是要挨批的。工作太他妈累了，好想跟何皎皎一样怀孕回家安胎去，子玉在心中哀号，可是，她没有男人。

其实她有男人，但是相当于没有。她跟姚远上一次见面的日子已经久到她都记不清了。

她跟姚远刚上大学就在一起了。毕业后他留在昆明，她为了一个事业编制回到大理。她妈不想女儿嫁给一个外省人，一直对姚远严防死守，严令她毕业后回老家。当时他也曾劝过她一起留在昆明，说得她也有几分心动，他甚至还主动请缨帮她去跟她妈谈判。

她妈一句话就把她心中蠢蠢欲动的小火苗摁灭了：“我家子玉啊，从小就吃不了苦。”她妈说的大体没错，子玉从小就手脚笨，不会做饭，不会钉纽扣，连女孩子都会的麻花辫都编不好，所以从小到大都没留过长头发。她的嘴也笨，在街上见了老师或者亲戚长辈就贴墙边溜走，叫人都不会。她在大学里学的是文秘专业，堪堪会打几个字，制几个表格，坐在办公室里听听电话大概是为数不多的她所能胜任的工作了，何况还有编制。

于是，经过家里一番运作后，她就来到了大理。

她母亲本是大理人，她小时候也曾在外婆家住过几年。外婆家人丁单薄，她只有两个舅舅，其中一个去了昆明发展，另一个住在下关，月溪村的老院子只有外婆一个人住着，她来了正好给老人家做伴。上班第三年，外婆因心脏病去世，她就开始独居。

虽然大理离昆明只有四个多小时的车程，一切却有如天堑。姚远的事业很成功，没过两年就成了公司合伙人之一。而子玉，弯腰驼背蛰伏在这小城的低矮气压里，再也没能站直过。

姚远当初看上她是因为喜欢她的安静纯良，但是现在这个优点显然已经一文不值。

他们见面越来越少，因为工作的原因，她又排斥打电话，所以他们的联系也就越来越少。她想他应该有了新的女友，但是他一直没说，她也就不提。每当换季的时候，她把他留在她那里的衣服一件件拿出来翻晒，再放回柜子里，像抱着一个牌位。她早已成了这段爱情的遗孀，只是还没有见到尸身，不肯盖棺定论。

子玉想着那些纷纭的往事，过了好一会儿，才发现老板娘正安静地含着笑望着她，她这才想起她是听不到的，赶紧道了歉站起身去“菌香猪颈肉拌饭”那里点给她看，她点头示意知道了。

小煤球灶像个蓝汪汪的小太阳，肥肥嫩嫩的猪颈肉是早就烤至七成熟了，现在正切了片放在饭上面热着，秘制菌子的香气在屋里游走穿梭，她发觉这个无声小屋实在是让人太舒服了。

对于说话这件事情她已经厌恶透顶——讨厌听任何人说话，也不愿对任何人说话，如果有一个炸弹可以让整个世界消音，她会毫不犹豫拉响它。而就在她身边不远处，竟然还有这样一个像密封罐子一样安静的地方，多么珍贵。

饭上来了，大片香脆的猪颈肉上浅浅抹了几笔酱汁，边上放几茎青菜，一小勺腌萝卜，葱花。她特意吃得极慢，一边享受这安逸的宁静，一边打量着店主夫妇。

他们看起来三十来岁年纪，两人的高矮、胖瘦、样貌相得益彰，男的高大健硕，女的清秀窈窕。两人围着一样的围裙，脸上的表情如出一辙，连灵活的手势都一模一样。

他们沉默地做着各自的事情，当有什么话要向对方讲的时候，不是走过去拍一下对方的肩膀强行引起注意，而是面朝对方静静地等着，等到对方正好回头的时候再用眼神和手势告诉他，也有等了许久等不到对方抬头或者转身的时候，也就那么算了。她想起那些恨不得拎着她的耳廓，把心中的垃圾灌入她耳中的陌生人。什么时候人们才能这样尊重他人的耳朵，以及自己的嘴巴呢？

真是一对璧人。

后来子玉常常去光顾那个小店，屏蔽整个世界，专心咀嚼一碗菌香猪颈肉拌饭，很治愈。坐进店里，就像与外界隔了一层结实的玻璃，可以看到时间仍在流淌，世界也在转动，可是却通通与她无关。那一切的不如意，也都暂时不与她相关。

来光顾的以熟客居多，都是点好了单以后就默默等着。偶尔有不知道内情的生客来，一旦明白他们是聋哑人之后也马上做沉默状，好像在这个店里放声谈笑是种冒犯。

语言失去效用，世界变得清凉。

于是小店拥有了一种神秘的魔力，每个人到了这里都自动凝结成一粒沉默的水珠，水珠与水珠相接，变成一片静默的汪洋。当人们离开小店，水珠马上被喧嚣的热力蒸发，他们再恢复原样。

她带姚远去过一次那家店，给他点了她最爱的菌香猪颈肉拌饭。

“你知道这个菜里的菌子叫什么吗？是天狗菌。”天狗菌是她小时候最爱吃的，这种菌子十分特别，只在每年三伏期间出现，而且只出现在雷雨之后，仿佛只有轰隆的雷声才能把它召唤出来。

姚远对这种神秘的菌子并无探究的兴趣，他接了个电话，一边说着一边走了出去，过了足足十分钟，他刚回来坐下又有一通电话进来，他只好一边吃饭一边听电话。没有任何一个客人会像他那么大声地在店里讲话，她感觉很羞耻，后来便再也没带他去过。再后来她向他说起那家店时，他已经一点印象都没有了，他对那小店丝毫不感兴趣，也对她对它的喜爱丝毫不感兴趣。确切地说，他早就对她的喜怒哀乐不感兴趣了。

很早的时候，她曾经向他抱怨过那些难缠的客户，他说：“至于吗？接个电话而已啊。”对啊，不过接个电话而已啊，这应该是世界上最没有难度的工作了吧，她连这都做不好，又有什么资格去抱怨呢。渐渐地，她就不跟任何人抱怨了，心烦的时候就去无声小屋坐坐。

她已经是那儿的资深熟客，虽然从没跟店主夫妇说过一句话，可是她觉得他们是懂她的。

有一晚，她在店里吃饭的时候，来了一个戴着鸭舌帽的中年男人。就像她第一次独自来光顾时一样，他要了一碗面以后就径自坐下来。她连忙起身走过去，指了一下他要的面，老板娘连连点头向她致谢。那中年男人见状明白过来，嘴张成一个“O”，明显地吃了一惊，大概这也是他第一次遇到聋哑人开店做生意。

连续三天晚上她都在那个店里碰到他，他显然对这家小店十分感兴趣，还企图拉着她闲聊，被她找借口拒绝了。他那藏在镜片后精光四射的双眼总是带着浓浓的探究欲，脸上表情也有点太多，一看就招人烦。

小店的生意突然毫无征兆地变得火爆起来，她去的时候经常是满座，只能在店门口等着打包带走，而且要等很长的时间。没有空位便罢了，可惜的是店里宁静不再，食客们叽叽喳喳谈论不休，拍照声也此起彼伏，俨然一个网红店。

有一次她听排队的两个女孩说起，才知道有一个非常知名的作家来过这里，写了一篇关于无声小屋的文章，刷爆了朋友圈。网络时代，大理多的是炒作高手。

她用手机上网查了一下，那篇文章的标题叫《大理的这家小店收藏着世界上最动人的爱情》，副标题是《因为爱情，不用说话就十分美好》，文章里并没有多少关于店主夫妇的描写，多是作者一字一行呼天抢地的感慨。

文章阅读量早就过了“10 万 +”，打赏的人也已上千，赚得盆满钵满的作者戴着鸭舌帽在文章末尾做作地浅笑着，自我介绍是“著名旅行作家”，微博粉丝过百万，已经出过五本书，在大理经营着一家咖啡馆和一间民宿。

小店火了，店主夫妇忙碌到连抬头多看一眼来客的时间都没有，子玉也没有跟他们打招呼，默默地买完东西就走了。

她怀疑只有她一个人不喜欢那篇文章。

那段时间她去的少了很多，某一天路过的时候忽然发现店门没开，后来连续多日都是如此，甚至都有人上门来打听想要接手这个铺面了，不过邻居说夫妇二人是出去旅行了。

大理的很多店家都是如此，经常不负责任地把店一关就出去浪，不把生意放在心上。不过这夫妇二人却从来没有这么干过，他们每天都准时准点地开门营业，一直到晚上十点。

大理的夏天很舒服，最热的时候也只有 30°C 左右，并且这样的日子最多只持续一个礼拜，就会进入雨季。只不过，因为来大理玩儿的人越来越多，每到那几天用电负荷就会激增，事故也就更多。有一个夜晚，因为一个突发事故，子玉被抽调加班，直到十点多才回去。路过人民医院后门的时候看到一个人影在门口站着，近了一看正是无声小屋的店老板，心想他们可算回来了，这一走该有一个月了吧。

可是，第二天上班的时候小店依旧没有开门，第三天也是，以后也一直关着。直到整个雨季和旅游旺季过去。

九月份，游客退潮般消失，大理暂时恢复清静。无声小屋悄无声息地打开店门再度营业，子玉迫不及待地去吃拌饭。

店里只有两三个食客，夫妇二人各自忙碌着，屋里很安静，只有勺子和碗偶尔发出轻微的撞击声。熟悉的菌香和肉香弥漫在空气里，一切就像回到从前。她嚼着那碗饭，心中一片感激。

老板娘在操作台前做蛋包饭，同时照看着两只小锅。老板则站在门口烤肉。肉片刚翻了个面儿，在等待的间隙里，他手指翻飞如蝴蝶般把外卖用的纸质餐盒折叠起来，折完餐盒便不自觉地用手在烤炉边缘拍打了几下，并且身子随之轻轻摇摆，很明显，他是个很有乐感的人。他虽然不能出声，她却断定他的心里此时正在哼着歌儿。

聋哑人会唱歌吗？

子玉还突然想起来他们平常所打的手势其实并不是标准的手语。因为某天一个会打哑语的姑娘对老板娘打了一大堆手势以后，她竟然有些茫然。

她突然有了一个大胆的猜想，他们其实是一对正常人，只是因为懒得讲话所以才假装聋哑。那么这次关店也是为了避风头，不想被过度关注？

多么绝妙的主意！要不是在这小城认识的人太多，她会立马辞职假装聋哑人到他们店里上班——他们和她原来是同志啊！

她马上把这个伟大的猜想发信息告诉何皎皎，何皎皎回了一个白眼加一句“神经病啊你”。但是她并不生气，她的心里激动不已，很想马上验证一个结果出来。

有一天她去得很晚，已经过了饭点，店里没有人。她站着看挂在墙上公示的健康证和营业执照，老板名叫“段哲伟”，老板娘名叫“杨晓月”。她心里一动，突然冷不丁地唤了一声“杨晓月”，然后假装感叹地加上一句：“杨柳岸，晓风残月——真有意境。”正如子玉所料，在被她叫出名字的那一瞬间，老板娘的身子突然一挺，虽然她控制住自己没有转过身来，但子玉仍然发现了她的秘密。

子玉极力压制住想冲上前去与他们握手相认的冲动，她已经感受到他们之间激烈涌动的暗流，就像不明身份的地下党员之间彼此的试探，只差捅破最后一层窗户纸了。

何皎皎结婚的时候没办婚礼，当时婆家说的是跟满月酒一起办，她当然不高兴，不过欧洲十国蜜月游和古堡豪华婚纱套餐堵住了她的嘴。当她生了个女儿之后，剧情就变得很俗套了。

“我公公说生了儿子以后再办婚礼。”

“我老公说他们那边的风俗是这样的……”

“我婆婆叫我赶紧断母乳好准备要二胎，他们叫人从新西兰带进口奶粉回来……”

何皎皎的二胎要了一年也没要上，虽然明知子玉有些不耐烦，还是打了电话来诉苦。子玉对这档八线小城豪门狗血剧再无兴趣，何皎皎毕竟不是那些来电投诉的客人，她可以不用忍耐。于是某天她便忍不住说："何皎皎，你不要那么傻好不好？这家人都无耻成这样了，要不干脆离婚吧？"

何皎皎却开始顾左右而言他："你知道吗？那家店的老板两口子其实不是聋哑人。"

子玉心里一惊，直觉地想说"果然"，但是生生地咽了下来，反问道："你怎么知道？"

"我最近认识一个人，是他们以前的邻居。不过，你只猜对了一半。"

"什么一半？"

"男的以前是个歌手，女的是做老师的。他们中学就早恋，谈了十年恋爱后结的婚，男的曾经参加过一个选秀比赛，进了西南赛区十强，不少小姑娘喜欢呢，所以结婚后两口子就老吵架老吵架，后来有一天……"

子玉瞪大眼睛竖起耳朵，生怕错过了一个字。

"也不知怎么回事，有一天两口子突然吃菌子中了毒，听力受损，就变成现在这样子了。不过从那以后他们的感情倒是变好了，再也不吵架了。女的辞了工作，男的也不再做歌手，一起开了这家店。”

子玉回想了一下，这两年好像真的没有见过段哲伟和杨晓月“吵架”，毕竟“吵架”是要用嘴的呀——这么说也不准确，表达并不一定要用嘴。所以，不能说话并不意味着不能吵架。虽然她还没结婚，但是也知道天下没有不吵架的两口子。

不过，这样的掩耳盗铃管用吗？她想到自己与姚远的关系，那又何尝不是一种掩耳盗铃？

万事万物处在不断的运动和变化之中，而人们却总是奢望永恒。

姚远已经在昆明买了第二套房子。他买第一套房子的时候还曾象征性地问过子玉，要不要加她的名字。子玉还有点诧异，她既没出钱又没出力，为什么要加她的名字。当时他满意地松了一口气，然后给她买了一个卡地亚的手镯，有点儿安慰的意思。

当他买第二套房子的时候就没有再问她了。

他结婚的时候也没有告诉她。

子玉是在一个周末的黄昏得知了他结婚的消息。公司微信群里有人收集捐赠给怒江山区的旧衣物，她收拾了一大堆，其中也有他的，于是打电话问他还要不要。

他沉吟着说："我的东西你都扔了吧，我不回去了。"

当她意识到他在跟她告别时，心里竟毫无波澜，或许，她也已经等待许久了。

"那个，我前两个月给你的建行卡上打了一笔钱，你……收到了吧？"他说，"对不起。"

子玉有一刹那的失语和失聪，脑子被抽空了一分钟，然后她听到那边似乎有女人在跟他说话，他匆忙地说："就这样吧，那些衣服就都扔掉吧，再见。"她听到他回答说："我妈问我一些旧衣服还要不要。"

挂了电话，她迅速地把那些衣服都塞进了准备好的纸箱，飞快地用大卷的透明胶把箱子封了起来，缠了一道又一道，五花大绑，仿佛里面藏着一只厉鬼，需要重重封印，不然它随时会跑出来吃人。缠完以后她才想起来衣物还是要检查的，于是又一圈一圈把它解开。箱子里没有厉鬼，只有一个"未亡人"的遗物，姚远不是她的"未亡人"，在她心里，他只是"未亡"而已。她坐在纸箱边上忍不住笑了。

段哲伟终于有一天被他以前的歌迷认了出来。当时子玉就坐在他身后的桌子上，没能看见他的表情，而杨晓月的表情却被她尽收眼底。她低垂着头，脸上写满灰心与绝望。

不管段哲伟怎么摇头否认，那两个歌迷仍然坚持不肯走，一定要他开口承认，还发出了一连串让人厌恶的追问，问他为什么不说话，为什么会躲在这儿开店，为什么再也不唱歌了。段哲伟被缠得没办法，只好跟她们合了一张影，才将她们打发走。

子玉注意到，从那以后，段哲伟和杨晓月开始吵架。

他们的吵架是这样的，表面上看来两人各自在忙碌着，实则都在关注着手里的手机。手机无声，但有振动，人也无声，但是身体随着信息的内容在震动。两个人的背影都如拉满了的弓，用短信射出一支又一支箭。寂静的小小店堂里，有看不见的箭雨在飞。没有任何人说话，炉子上坐的汤锅沸了，锅盖“咕嘟”作响，与他们“中箭”的身体作相同幅度的振动。

那段时间子玉去得很勤，他们时而吵架，时而和好。是战是和，一踏进小店便可以感知到。看他们切菜的动作是粗快还是轻慢，看他们的身体是紧绷还是舒缓，看他们闲暇时望向对方的眼神，一切都显露无遗。他们的“吵架”，像两片沉默的云朵，碰撞出惊雷。

在这个清凉世界里，唇枪舌剑都无声，但可以入心。

何皎皎终于怀上了第二胎，不计前嫌地给子玉打来电话，告诉她这个喜讯。子玉苦笑着恭喜了她，心里很希望她这回能如愿以偿生个男孩。

何皎皎心情大好，虽然还未知胎儿性别，却已经胜券在握的样子，还苦口婆心地劝子玉，要想办法把姚远拉回身边，时光不等人，女人的青春就那么几年。出于一种微妙的自尊，子玉没有告诉她姚远已经跟别人结婚了。

“子玉，你不要那么傻好不好？”何皎皎说。

子玉也只能顾左右而言他：“不说了，我去吃饭了。”

段哲伟和杨晓月的冷战还在继续，平常就很冷清的店堂里更显压抑。子玉要的猪颈肉被切成片，在蓝色火焰上的小锅里热着，发出轻微的“吱吱”声响。这是一个黄昏，屋外飘起毛毛雨丝，将黑的天色本来已经叫人足够惆怅，又兼细雨，这次第，怎一个愁字了得。

三个人都望着街上细雨出神的时候，忽听得“咔”的一声，灶上的小砂锅竟然整个裂开，一半滚落在灶台上，另一半跌落地面，发出“哐啷”一声巨响。子玉和杨晓月同时一惊，段哲伟也回过头来，三个人互相对望一眼，七手八脚地把东西给收拾了，像是心照不宣地掩饰着一个秘密。

他们终于变成了同盟。可是子玉心中却无半点欣喜。

她的心里长久地不安着，要不要为了缝合他们的感情而做点什么？可是，她对自己的感情生活都无能为力，又能为他们做点什么呢？她这全身上下，可堪一用的只有一双耳朵而已。她每天牺牲耳朵去听那些气急败坏的客户的脏臭言语来赚取生活，除此之外一无所用，与废物无异。如果他们有倾诉的需要，她倒是个最佳的倾听者，可是他们没有。

当天晚上她失眠了，辗转反侧地想，爱情的尽头是什么？只要两个人还相爱，总归是有办法解决的吧，除非是像她和姚远这样，不爱了，那就没办法了。其实他们可以像何皎皎那样生个孩子，或许问题会迎刃而解。

她一边想一边暗笑自己脑子坏掉了，不然怎么会想出这种“头疼医屁股”的昏招。

她太想保全他们了。无声小屋对她太重要。

深冬的夜晚长到无边无际，失眠的人像是独自摸黑行走在一条狭窄的甬道上，深一脚浅一脚，不知何时是头。

辗转反侧到凌晨三四点，她好不容易有了一点困意，迷迷糊糊中一声炸雷将她惊醒。冬打雷，六月雪，意味着将有巨变。不过雷声只响了一次，世界复又安静下来，她也不知何时终于睡着了。

早晨起来托着沉重的脑袋再走过人民医院旁边那条巷子，那个熟悉的小店已经变了样。它湿淋淋地、垂头丧气地站在那儿，像个做了错事的小孩。因为被水浇了个透，外墙变成了山青色，屋顶塌了下去，露出黑色的里子，那敞着的豁口处冒出阵阵青烟。

小店门前的玉兰花形状的路灯上垂着冰柱，仿佛那玉兰被融化了，倒流下来，流到一半被冻住了。这是大理气象史上从未有过的寒冷天气。

空气中弥漫着来自火场的各种怪异味道，一小群人站在路边面面相觑，不时低声交谈着。据说是凌晨四点多开始烧的，那会儿天空还下着小雨，可火势却像是铁了心似的，一得势便气焰熏天，毫不含糊地席卷了一切。等到消防队的人赶来，该烧的早就烧完了。

旁边东北饺子馆的老板在跟客人说话。

“是点了煤气罐？咋烧得恁快？人怎么样？出来没？”

“咋可能出得来？就是奔着死去的。”

“听说两口子打架摔东西，闹了整宿，咋没人去劝劝？”

“咋劝？又不能听又不能说的，再说了，谁能想到会到这地步。”

“也是，幸好没去劝，搞不好把自个儿也搭进去了。”

另一个人凑过来说：“人是被抬出来的，旁边人民医院值班的医生过来看了看，说都不中用了，两张布一裹就直接拉走了。”

大家不约而同地沉默下来。

又有人感叹道：“平时看着小两口挺恩爱的啊，是不是前阵子还上过报纸来着？”

“嘁，感情好不好打外边是看不出来的，有的两口子啊看起来爱得不得了的，其实啊芯子里早就烂透了。”

“没感情了可以离婚啊，咋就这么想不开呢？”

天气实在是太冷了，子玉站在那儿全身都在抖，冷得她直想哭。

他们都错了。她知道，她十分确切地知道，他们至死都在爱着。

她从来没有见过那样的两个人，不管面对什么，两个人都紧紧拥抱着等待命运的洪流，不惜一切代价。一条路走到头了，那就一起坠入万丈悬崖，如果悬崖下面还有生机，那就继续漂流，如果没有，那就一起粉身碎骨。可是，真傻呀！

非得这样不可吗？子玉问。

是的，非这样不可。子玉答。

人群缓缓散去，那幢二层小楼还在不断地冒着青烟，像是幽幽远去的魂魄，烟与烟互相纠缠着、拥抱着，不断分裂又重新聚合。

桃花酿

大理太小，小到再多的偶遇
也不能作为缘分的凭证。

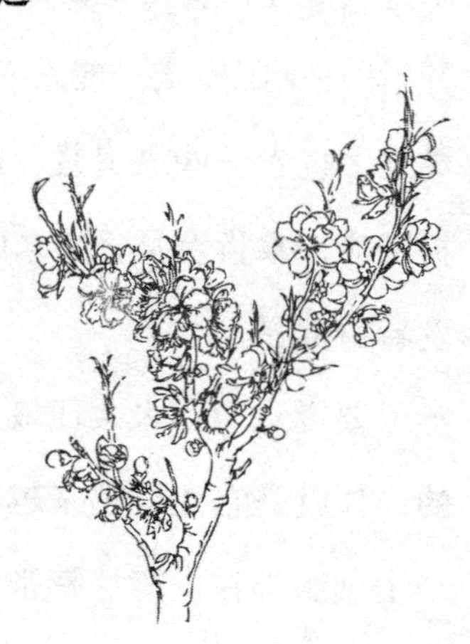

唐霜来大理七年了。现在每认识一个新人，听到她的“年资”都要拱手叫一声“前辈”。跟她同一批来大理的那些人都已经成为新人们眼中的“大神”，他们大多都发了财，要么开着客栈，要么在“山水间”买了房，并且变得越来越有钱。像唐霜这样懒懒散散的没有发财的“老油条”也不少，不过大家都自觉地沉了下去，对这小镇已不再有好奇心，亦不希望别人对自己产生好奇心，所以平时都不怎么冒头。

这七年里，她一直没工作过，朋友圈里除了游山玩水还是游山玩水，亲戚朋友一开始都担心她饿死在大理，结果七年过去她还活得好好的，虽然没有发财，却也自给自足。她开了一个网店，卖一些云南本地的山货，蜂蜜、桃胶、松花粉、灵芝，也卖一些玫瑰酱、桃花酿之类的特产，平日里除了维护网店，拿货发货，其余的时间就跟着朋友上山下河四处开发新的货源。

要说这七年来大理最大的变化是什么，答案是显而易见的，那就是它变得越来越吵了。整个大理镇像一块面团，每一个细胞都在发酵、膨胀，不管有钱的没钱的，不管本地的外地的，每一个人都出一份力，把这小镇每一个角落都给揉遍了、揉通了，所有能做的生意都有人在做，所有能租的房子都租了出去，不留一个死角。

如此一来，要想在大理镇找到一年半载内不用被建房装修吵到的住处，已经成为一门学问了，准确地说，是一门玄学。左邻右舍现在不建房不装修，不代表一个月后不建房不装修，更不代表三个月以后不建房不装修。大理的外来人口流动速度太快了，房子的转手率也太高了。房子每转一道手就要重新装修一次，用“日新月异”来形容这个小镇可以说是毫不为过的。所以，不管你住在哪里，都像身处一堆炸弹之中，谁也不知道哪个雷哪天会炸。

唐霜现在住的是一家本地人建的民居，她的一个朋友以前在这儿住，她过来玩的时候一眼相中了这一片的宁静。这儿靠近六十医院，已经是古城边缘，这两条巷子的房子都已经翻新过了，可以预见一段时间内这附近不会有谁家翻盖新房。小院花木葱茏，还养了好几只鸟，看起来一片静好。她当时就跟房东打了招呼，等到两个月后这边有空房子了就马上搬了过来。

这个院子是典型的白族民居“二层半”。大理的民房限高三层，对于普通家庭来说，一般两层就够用了，三楼就建成阁楼带大平台，阁楼用来储物，平台用来晒衣服，后来人多起来了，就把阁楼也收拾出来往外租。唐霜就住在三层的阁楼，她喜欢那个朝西的窗户，一抬眼就是苍山。

刚住过来的时候，她每天都能睡到自然醒，那种感觉大概只有大城市里为车流和装修声所苦的朋友们才能体会。多么难得，大理这样屁大的边远小镇，竟然也有可与一线城市相通的生活痛感。

不过这宁静在五个月后就被打破了，她房间的窗户正对着的院子被转租给了一帮山东人，按惯例，新的承租人开始重新装修。好在只是装修而已，这个院子不大，估摸着也就六七间房，撑死装上三个月就够了，要是改建的话她就只能考虑马上搬走了。

她苦苦地忍了两个多月，后院的装修终于宣告完工，他们搞了一个热热闹闹的乔迁 party，她都忍了。那天晚上他们喝酒、唱歌、打台球，一直玩到凌晨两点，她冷冷地在帘子后面居高临下地看着他们，恶狠狠地想，让你们浪过今晚！

她低估了他们的活力，这种 party 并不限于一时，而是常常举行，一个礼拜至少会有一次。这个频率让人有点头疼，要是他们天天这么闹，她大可以理直气壮地上门去讨伐，一个星期闹上一回，按说不算特别过分，可是每一回他们都要玩到凌晨两三点，这意味着她每个礼拜都要赔上一个好觉。建房装修尚有完工的一日，这样的 party 可不知何时终止。

她终究还是上门去了，是在一个白天。她按了门铃以后，一个打扮十分出挑的黄头发姑娘给她开的门。这姑娘肤色偏黑，一头黄毛炸开，抹着姨妈色的唇膏，穿着黑色露脐短裙，外面套了件黄色的绸子开衫，不知是睡衣还是浴袍。整体配色让这个人看起来有点脏兮兮的，好在姑娘年轻，自有一种活泼亮丽。唐霜想，要是自己来穿这一身，估计会丑到直接撞镜自杀。

因为是第一次交涉，唐霜十分客气，先表示“打扰”了，然后“请”他们尽量不要玩得太晚，也不要闹得太大声，最后还说“谢谢”。黄毛丫头见她斯斯文文的，也很给面子地象征性地表示了歉意，说以后不会了，还叫她有空过来一起玩儿。

跟黄毛丫头交涉完的第三天，后院的聚会照样锣鼓喧天地举行了，并且“嗨”过了零点还没有要停下的迹象。唐霜怒气冲冲地下了楼到后院去按门铃，一个大胡子过来开了门，以为她是过来玩儿的，忙往里边让。她杀气腾腾地跟着他往里走，正想开口说话，他已经殷勤地给她倒上了满满一杯酒。她的心一动，职业病犯了，当下接过来一饮而尽，咂了一下嘴，问："是喜洲四方街那家的桃花酿吗？"大胡子向她竖了个大拇指。大理不少酒坊都出桃花酿，她的网店里也在卖，公认的是喜洲那一家味道最好，但是她没有从那里拿货，因为太贵了。

黄毛丫头也在，正跟一个男的划拳，两条小细腿盘在椅子上。瘦人就是好，唐霜想，那椅子要给她来坐，放下屁股就不错了，怎么还可能放下两条腿。大胡子似乎成心想让她试一下，已经殷勤地给她拉开了一把椅子，她这才想起自己此行的目的，收起笑容，冷冷地说明了来意。大胡子连忙道了歉，表示马上就散了。她连"再见"也不说，转身便走了，大胡子赶着送她出来，又帮她开门，她又觉得有点过意不去，毕竟伸手不打笑脸人，便回头对他说"酒不错，谢谢"。

不一会儿，后院果然散了，大胡子真是言出必行。看看表，已经一点多了，这个夜晚还是被他们给毁了。不过那一杯桃花酿让她睡了一夜好觉，算是也得了一点补偿。

后院消停了两个礼拜，聚会依然照办，但是不会再超过十二点，也不会一直保持高音量了，唐霜暗赞大胡子够爷们儿。但是！凡事就怕个但是——他们养狗了，而且是一条哈士奇、一条萨摩耶。她看到那两条小狗崽子顿时心如死灰，打开电脑登上很久没看的豆瓣小组看起租房信息来。毕竟，谁能跟“雪橇三傻”斗呢？报警也不管用啊。

在豆瓣上翻了两个小时，抄下三条信息，电话约了隔天去看。前两家都不合适，第三家是普贤寺旁边的一套三室一厅合租房，看照片房间倒是挺大。放租的人是个男的，声音蛮好听。他在电话里先声明了另外两间住的都是男的，问她是否介意。她犹豫了一会儿，心想去看看再说吧，反正离得也不远。

她按照对方微信上发的定位走到了巷子口，正想问门牌号，电话响了，好听的男中音在她头顶说“我在这儿呢”。她一抬头，映入眼帘的是一头一脸的大胡子，从窗户垂下来，像一盆茂盛的黑色吊兰。

大胡子从楼上下来给她开门，笑着说“你好”，她只好无可奈何地笑笑。他领她上楼去，一面走一面还在笑，说：“也是有缘哈，我叫赵斐。”她没有礼尚往来自报姓名，而是低头看了一下手机，他的微信名写的就是赵斐，应该是真名了。

在大理，大家都用艺名或网名行走江湖，连微信都用真名的人可不多。

那间房子南北通透，床很大，实木的，浴室也很大，还有个浴缸。她最爱那个整面墙的大衣柜。只可惜要合租的人是这个讨厌的大胡子。

她对他们那一帮人已经没有半点好感，毕竟好不容易找到的一个清静地儿被他们给破坏掉了。她原以为大胡子是住在那个后院的，但他说那是他朋友租的院子，他只是偶尔过去玩儿而已。虽然他不住在那儿，但是罪过也是有他一份儿的，谁叫他跟那帮人是一伙儿的呢。

他似乎看出她的矛盾心情，热情地问她觉得这房间怎么样，嘴角却又带着点儿坏笑。

她忍痛说："房间还不够大，我是开网店的，有时候要囤点货和包装材料之类的东西在家里，会比较占地方。"

"没关系，你再找找看。"他和颜悦色地说。

其实他也不是太讨厌，她心想。但是话已经说出去了，她只得对他道了谢，礼貌地告了辞。

找房子的事情不急在一时，她先跟着朋友去了一趟独龙江。

三月的独龙江是绯色的，沿路山坡上很多桃花正开得热闹，背后衬着云雾之中高黎贡山的雪岭，深山之中的春景寂寞而冷艳。路越走越险，峡谷之中的独龙江绿到令人心悸，又极清澈。翠绿的水流里嵌着花褐色的石头，水波在石头间冲撞，偶尔翻出一些蕾丝似的白边，一条江像是颜色清丽的静态油画，又像是一块呼吸着的碧绿翡翠。

晚上住在巴坡新寨，独龙江绕村而过，将在四十公里外汇入缅甸的伊洛瓦底江。夜里下起了雨，雨声江声汇成一道，她却睡得很香。

早晨起来眼里的世界更加似画，山上撒满写意的雨云，慵懒散淡的白，与坚翠挺拔的绿，江水冲积出来的雨雾，美得如同幻景。

她拍了很多照片，精挑细选地配好文案发到朋友圈，赵斐总是第一个点赞，还私聊问她在哪里。她心情不错，答曰在独龙江采花。他说：女侠好身手，一看就是经常采的，帮我带点回来做桃花酿。她说：你一个大男人喝什么桃花酿。他说：酿给你喝嘛，我看你那天一口就闷了一大杯，一定很爱喝。

她沿着独龙江走了好几天，赵斐的微信如影随形陪着她聊了好几天，山里信号不好，她常常好几个小时才回他一条信息，还老挤对他，他也不生气。

她后来另租了靠近银苍路的一处民居，还是住在三楼，房间窗户向西，她喜欢一睁眼就看到苍山。大理变得太快了，可是，不管它变得有多快，苍山总是万年不变的，每天早上醒来看到那山还在，心里总能踏实几分。

搬东西的那一天她一直忙到太阳下山，安置好所有行李以后匆忙换了一身衣服赶去参加一个朋友的生日宴，带了一些她从独龙江找到的野生石斛。

这房子也是本地人建的，房东自住一幢，从前院的大门进，租客们住着另一幢，从后门出入。她从三楼下来，在关楼下的铁门之前很仔细地摸了摸口袋，确认自己带了钥匙，这才轻轻把门碰上。

一个男人正背对她在巷子里抽烟，宽厚的脊背，毛发茂盛而卷曲，头顶用一个倒梳把所有头发别到脑后。他闻声转过头来，一张大脸上乱草丛生，见缝插针地安下了眼睛鼻子嘴。

“我去！”唐霜惨叫一声。

赵斐举手至额笑着致意：“嗨，你好你好，真是有缘。”

“怎么又是你？”她仰着脸挑衅地问。

“这是我跟朋友一起开的小酒馆，也做简餐，有空来坐。”他不计较她的无礼，一脸无辜地笑着。

她随意地“嗯”了两声，走出巷子拐到叶榆路上去看了下那小酒馆的正脸，叫“露宿人间酒馆”，水泥灰的墙面加黑色钢架，美式工业风。门口一个小黑板上写着：“你以为的漫长人生，于这世界不过是雨露一瞬而已，且尽杯中物，莫思无穷事。”半文半白，浓浓的装逼范儿。其实这个店她以前也经常路过的，只是从来不曾留意。

“露宿人间”白天经营简餐，晚上便会变身小酒馆，有歌手弹唱，生意还不错，尤其是晚上的时候。唐霜几次晚上回家都看到那里座无虚席。有天她路过，看到赵斐抱着吉他在小舞台上唱《一万次悲伤》，她特意放慢了脚步听了几耳朵，他的声音还怪好听的，唱起歌来深情款款，就是跟那张长满大胡子的脸有点不搭。

她刚回房间躺下，他的微信追过来：“怎么不进来坐会儿？”原来他也看见她了。她马上找借口说：“今天跟朋友爬山累了，想早点睡，改天吧。”他说：“可别是被我的歌声吓着了，哈哈，请的歌手今天临时有事没来，我就不要脸地自己上去献丑了。”“哪里，唱得蛮好的。”她十分客气地说。“是吗？那你开窗，我再给你唱一首。”她一惊，从床上翻身跳起，掀开窗帘，他果然站在对面楼顶上，手里有烟头闪烁。

两楼相距很近，说话便可听见，但是他朝她挥挥手，发信息说：“我喝得有点多，上来透透气，你睡吧，晚安。”这个人真是，有时候像是二皮脸，有时候却又正经得要死。

她回了句“晚安”，说完了他却还站在楼顶上不动，她犹豫了一会儿，还是把窗帘放下了。过了几分钟忍不住偷偷掀起一角来看，他还站在那儿，她的心“怦怦”直跳，很想对他说点什么，犹豫再三还是把帘子放下了，并且把灯关了，又过了一会儿再看，他已经下楼去了。

当她真的进酒馆去坐时是一个白天，那天她睡到中午才起来，外面下着雨，她想叫外卖算了，在美团上搜了下看到离她最近的一家店就是“露宿人间”，反正也就几步路，不如自己下去吃。

她找了个靠窗的位置坐定，马上有人将一本巴掌大的笔记本“啪”地拍在她面前，本子封面写着“菜单”二字。她一面拿起菜单一面抬头看扔菜单过来的人，发现正是那个黄毛丫头，顿时暗叫糟糕。赵斐虽然已经跟她一笑泯恩仇，他那帮朋友可是个个在她黑名单上，估计他们对她也没什么好印象，因为自从她决定搬走以后就再也没给过他们好脸，路上碰到总是横眉冷对。

菜单是手绘的，每一页是一个菜，配着俏皮的简笔画和不那么正经的介绍词。唐霜假装埋头看菜单，心里却在想着这顿饭还要不要吃，要不要找个借口走人算了。黄毛丫头也不催她，懒洋洋地靠在吧台上玩儿着手机。

“嗨，你来了。”赵斐及时地出现了，并且喜滋滋地跑到她对面坐下，“青果，去泡一壶花茶来。”

那个叫“青果”的黄毛丫头踢踢踏踏地走了。唐霜终于松了口气，心想有赵斐在，总不至于被毒死了。不过，她对这家店的食物味道不敢抱太大信心，希望店里的厨师不是菜单那种嘻哈风格才好，保险起见，她只要了一份干巴菌炒饭。

青果在店里跑上跑下，好像什么都干，时而坐在电脑前接外卖订单，时而跑去厨房忙活一阵，也负责收钱，还有客人管她叫老板娘。

赵斐一直坐在那儿陪着她吃炒饭，她忍不住问赵斐，青果是不是他的合伙人。赵斐大声地说：“她是我们的义务管家婆。”青果听到了，冲他们翻了一个大白眼。

后来她才知道青果确实是他们店里的义工，赵斐的合伙人是一个成都人，他们在成都还有一家店，两个人各守一方。

炒饭分量实惠，好不容易才吃完，说实话，味道还不错，但是她决定以后再也不去了，青果那刀子般的眼神让她有点消化不良，尤其是赵斐还不肯收她的钱。

她不去，赵斐却常在微信上约她，大多是在夜半时分。“露宿人间”晚上十二点结束营业，他们就一起漫游街头，有时候也跑到别的小酒馆去混。她因为来大理太久了，所以不再会去逛街，反而是他这样才来大理两年的“新人”带着她四处去逛，她这才知道大理现在又有了哪些变化。

孤男寡女深夜漫步街头，从诗词歌赋聊到人生哲学，对她来说已经是很古早的事了。她在大学时代跟初恋男友就经常这么干。听到她这么说，他把摩托车油门一拧，干脆把车子骑到大理大学去了。大理实在太小了，拥有一辆摩托车的人基本上可以在五分钟内瞬移到任何想去的地方。

月亮像一颗圆圆的冰糖嵌在深蓝的天幕中，还长了一圈毛边儿，好像甜得化开了。

他们无所事事地坐在一块大石头上，俯瞰夜灯环绕出来的洱海剪影。他从边上揪下一根车轴草，快速地编成了一个戒指，她拿在手里玩了一会儿，觉得这玩意儿比大学时代的初恋还要更古早。

恋爱这件事，从形式上来说应该是世界上最无聊、最不经济的事情了，两个人一起轧马路、看月亮，或者就这样什么也不说地干坐着，纯粹拿时间在打水漂。如果有外星人看到此景大概会百思不得其解，人类到底在干什么？这项活动没有任何产出啊。

当然，有一个场景除外。

那天晚上她去了赵斐的住处，普贤寺旁边的那个小院子。

她当初看的那个大房间已经租出去了，他们蹑手蹑脚地钻进赵斐的房间。这个房间也有一张木床和整面墙的衣柜，不过都比另一间要小一个码。他有点儿尴尬地搓着手说："有点简陋哈。"她低头一笑。他又一本正经地说："够用了，有床就行了。"她的脸一红，同时"扑哧"笑出声来，借故钻进洗手间，但是他也跟了进来，将她拦腰抱起扔到床上。

他的大手在她身上摸索着，急切地寻找着突破口，她手忙脚乱地捂着裙子拉链，低声说："哎，你能不能斯文点儿？"他已经找到了拉链头，果断地说："不能！"然后"哗"的一下将她打开。

算起来她已经空窗快四年了，对于眼前这个男人，她好像没有过那种电光火石的心动瞬间，却也挑不出什么毛病，只觉得一切都很自然，也许是因为两个人都老大不小了吧——哎，不接吻的吗？已被剥净的她突然想到。

他把她放在床上摆平了，愣愣地看了一会儿。她像一条鱼，静静地躺在砧板上，小巧的腮紧张地一翕一翕，等待着他将她剖开。

她闭着眼睛，过了一会儿，感觉到唇上被啄了一下，过了一会儿，又被啄了一下，然后，他整个地覆盖了她。她像一桶静止已久的复杂颜料，被他搅成一片五彩斑斓的星空。虽然他的动作很温柔，她却感觉到汁液要将皮肤爆开，他们的相接处正在迸发出骇人的光和热浪，烧得她几乎想要呼救。

待到热浪平息，他已疲倦，摸摸她的后脑勺说：“我打呼噜啊，忍着点儿。”她忍不住“扑哧”一笑，顽皮地用手指头去轻挖他的肚脐，他把她的手捉住，凑到嘴边亲了亲，然后将之按在胸前，伸长胳膊将她环抱着，不一会儿便沉沉睡去——并没有打呼噜。

她却一直没有睡着。

她整个人缩在他胸前，腿也蜷着，两只手臂收起来叠在他胸口，像一只四肢着地的小兔。他的身体辽阔似大地，尽可以供她栖息。那一刻，她觉得他们不是一对刚刚欢好过的情人，而是一体共生的亲人。她像是栖在洱海边的一块小鱼塘，是他分割出来的一部分。

后来的几天唐霜都躲着“露宿人间”走，生怕遇到青果，好像做了什么对不起她的事儿。有两次遇到赵斐和青果在门口踢毽子，他们叫她一起玩，她笑着摆摆手什么也不说就走了，赵斐谈笑如常，依旧是那么客气，仿佛什么都没发生过。

又一个雨天，气温骤降，“露宿人间”没什么客人，唐霜懒得出门找食，就下楼在“露宿人间”吃了。赵斐用一个很精巧的玻璃瓶给她装了一瓶桃花酿，让她慢慢喝着，自己坐在对面玩游戏。

粉色的花瓣漂在玻璃瓶里，酒色像胭脂一样喜气，喝下去整个人甜甜暖暖的。她隔着身形曼妙的瓶子看着他的脸，心头仿佛也有粉色花瓣在荡漾。

赵斐的手机响，有人发过来视频邀请，他接起来，对着手机开始聊天。电话那头是一个女人，女人问他在干吗，他说刚吃完饭，女人说她脖子上长了一个小疙瘩，让赵斐给她看看，然后一个劲儿地问他看见没看见没，赵斐说看见了，应该就是火气大长了个痘痘，没事儿的。

唐霜越听越奇怪，心渐渐缩成了一团。

那女的娇嗔地说："肯定是想你想的，你想我了吗？"

赵斐沉着地答："想了。"

唐霜的胸口发出一声微妙的脆响，整个人僵在当场。她飞快地转动脑筋，想要弄清楚眼前发生的是什么。毫无疑问，手机那边的是赵斐的女人，老婆或者女朋友，或者情人。那她又算什么？从他们认识到现在，她从没想过"主权"方面会出现问题。她一直默认他是单身，他的朋友圈从来没有过另一个女人的痕迹，可是这并不足以为凭，他们"在一起"以后他也从来没有发过跟她有关的内容。所以，她应该是"被三"了。她应该夺过他的手机一把摔在地上吗？可是，他那么堂而皇之的，她竟找不到发作的理由。

那女的又絮絮叨叨说了下这两天出差的一些遭遇，赵斐一板一眼地认真答应着，一点也没有不耐烦的样子。等他把手机放下的时候唐霜已经快将瓶里的酒喝完了，25° 的桃花酿。她心里慌得厉害，干脆把瓶里剩下的酒都倒进了杯子，赵斐也不阻止她，而是自顾自地玩手机。

雨不停地下着，冷风阵阵，青果拿了一件赵斐的外套过来扔给他，他乖乖地披在身上，接着玩手机，时不时跟青果说两句话。

从他的电话响起，唐霜便成了个透明人。

她一边喝着酒，一边低头猛翻她跟赵斐的聊天记录，从她找房子加他的微信时开始翻，一直翻到今天，她发现他们不过只是闲聊而已，他从来没跟她表白过。她把眼睛眯起来，用一只手按住酒精刺激下强烈跳动的太阳穴，搜肠刮肚地想着他们之间的来龙去脉，虽然已经醉眼蒙眬，却还是看得清清楚楚，他，确实，从来没有向她表白过。再回想一下那些漫步街头看月亮数星星的深夜，他也没有说过什么动情的话。

他从来没有说过他爱她，甚至也没有说过他喜欢她。大意了！

所以，他们之间的关系不过是一夜做伴而已，简直是清清白白、日月可鉴。

她还未满三十，却已经觉得这世道变得有点匪夷所思，在以前，如果一男一女纯精神交往，没有肉体关系，方可叫清白，如今全倒过来了。她突然“呵呵呵”地笑出声来，把青果吓了一跳，瞪大眼看着她。赵斐却不为所动。

“有点冷，我走了。”她裹紧了身上的薄外套，站了起来，杯里还剩最后一点酒，她高举起来仰头一饮而尽。喝下去的酒在她脑子里“咣”地晃了一下，她站定了，等那波澜停下，然后迈着虚浮的步子走向门口。到了门口想起还没有买单，又不愿折回，去它的，她只想赶紧回去钻进被窝里好好暖一暖。

他什么也没说，没有留她，也没有送她。

晚上下起了更大的雨，又更冷了一些，她连澡都没洗就直接睡了，也没有换床厚被子，睡得特别香。酒精麻痹了她，直到第二天起来才觉得痛苦。其实凌晨时分她就醒来了，全身每个骨节都在痛，但是这种痛就像是夜里的雨一样，反而有利于睡眠，所以她又蘸着那点痛睡了过去。但是，终究是要醒来的。

上午十点多，她睁着眼睛望着天花板，仔细研究着身体各处传达到脑子里的痛，其中以胸口的痛感最为强烈。她已经很久没有过这种感觉了，自从四年前跟前男友“孙子”分手以后。前男友姓孙，因为劈腿被她扫地出门，后来她一直管他叫“孙子”。那渣男花了她不少钱，竟然还敢劈腿，也是渣得可以了。

赵斐算渣男吗？她一边烧得大汗淋漓一边苦苦思索着。他从来没有为他们的关系明确地做过什么定义，也不曾有过什么承诺，所以，应该算不上渣吧。她知道大理有很多这样的男女，她也并非完全不可接受，只是从来没想过那会是她和赵斐。

“现在知道是不是太晚了？”她口干舌燥地哑声问自己。

一场高烧过后，身体中的某些东西会被杀灭，就像一壶自来水变成了开水，沸腾过后无色无垢。

几天后她再度见到他。有什么办法呢，大理就这么点儿大，总不能再搬一次家吧，才搬到这里没多久。

他在门口玩手机，看到她，微笑着说：“晚上吃汽锅天麻鸡，一起吧。”

她笑了笑，说“好啊”。直到上了门口的台阶心里还在惊异于自己的“寡廉鲜耻”，就这么原谅他？他连半点愧色也没有。

“你不舒服吗？好几天没看到人。”

这几天他们完全断了联系，他没有发任何消息给她，她也没有找他。

“嗯，感冒了一场，不过已经好了。”

“那你多吃点，补一补。”

一直据案大嚼的青果突然笑了一声。赵斐置若罔闻，面不改色地给唐霜盛了一小碗鸡汤，她接过去，无声地喝下去，他马上恰到好处地递上一张纸巾，她淡然接过，抹了抹嘴角。两人像排练了千百遍似的，默契十足，一丝不错。

晚上他又带她回普贤寺，在他泰山压顶般的吻里，她想起他们上次在一起的时候他小鸡啄米似的吻。今天他的一切动作都很大，大口大口地吻她，大面积、大力度地揉搓她，大起大落地撞击她，连喘息声都宽阔得像一条河流，大开大合地冲刷着她。

她一晚上没睡，他似乎也一直醒着，反正只要她一动弹，不管是翻身或者是挠痒，他便马上伸手过去，摸一摸，或者拍一拍她，像哄小孩一样，后来干脆把她抱在怀里。

他的一只胳膊从她颈下穿过，与另一只胳膊在她背上的肩胛骨处会合，将她轻轻地围起来。她最近终于瘦了点儿，凸起的肩胛骨像一只瓷碗碎开的两片，被他覆在掌心里，像一把剑套在剑鞘里，说不出的妥帖。

她的脸贴着他的胸膛，像牛犊依恋母亲那样蹭了蹭。

病愈后唐霜精神日长，而青果愈发消瘦。

有一天唐霜的电脑坏了，去“露宿人间”借用赵斐的电脑更新网店，赵斐坐在她旁边打游戏。青果坐在一张桌子前独自喝着酒，突然兴起点了一根烟，赵斐说了声“上门口抽去”，青果大概是醉了，不知哪来的一股无名火，抓起烟灰缸砸向就近的一扇窗户，窗玻璃无助地粉身碎骨。

“怎么了？”埋头干活的唐霜被吓了一跳，不知发生何事。

“没事的，别管她。”赵斐说。但是他马上站起来，到后面杂物间里拿出扫把开始收拾那些碎玻璃碴子。青果坐在椅子上有如石雕，扫把扫到她脚边也不知道抬一下腿。

玻璃碴子在地上“哗哗”划过的声音听得唐霜心里一阵一阵发紧。

日子平缓地滑过，赵斐的手机还是会收到女人发来的视频邀请，不过他会另外找一张远点的桌子去接，并且没有再出现过“想你”之类的肉麻话。

唐霜大约每个礼拜跟他去一趟普贤寺那边的房子，都是在深夜，摸着黑去的。

有一个晚上他们刚进了房间，还没来得及抱成一团，房门被敲响了，两人愣了一下。她突然想要不要躲一下，可是房间就这么点大，除非是躲到洗手间去。可是，她为什么要躲?

赵斐却相当镇定，面色如常地把门打开，青果披散着头发站在门口："我吹风机坏了，借你的用一下，困死我了……"说着看到了站在床边的唐霜。赵斐走到衣柜面前拉开一个抽屉，拿出吹风机递到门口，说："大半夜洗什么头啊，跟贞子似的吓死个人。"青果说："我十点多就洗了，直到现在也没干透，不吹干没法睡啊。"说完拿着吹风机走了。赵斐关了门，另外一间房很快传来电吹风低低的怒吼声。

唐霜有点不高兴："那间房后来租给青果了?"

"对啊，谁叫你当时不租呢。"他坏笑着搂住她，"不然多方便。"

她故意说："青果住这儿也很方便啊。"

"你傻啊，我就拿她当妹妹。"

"你也可以拿我当妹妹啊，赵哥。"她模仿青果叫他的语气。

"去去去，洗澡去，你都这么大年纪了还管我叫哥，我都不好意思。"

赵斐比她大六岁，虽然她知道他是在开玩笑，还是非常气愤，因为青果比她小六岁。

“好了，小心眼儿！”他捏捏她的鼻梁骨，说：“她过一阵子就走了。她家里一直在催她回去，我也一直叫她回去。刚毕业的小姑娘就应该回去找份正经工作上班去，再在大理待下去就给废了。”

“哟，心疼啊？”她爬到他身上，把他上半身压倒在床上。

“我只是不忍心大理再多一个你这样的傻姑娘，我哪儿顾得过来啊，对吧？”他拨开她垂下来的长头发，亲了亲她的嘴。

她还想说点什么，但是已经没机会了。

雨季正酣，唐霜陪着一个德国朋友去了一趟香格里拉吃松茸，然后又去了稻城，顺便拐到泸沽湖住了几天，最后从丽江回到大理。她回来的时候赵斐不在，他回了成都，没有跟她说。青果替他看着店。

他不在的日子里，她没有踏足过“露宿人间”半步，每天走过的时候也尽量控制自己不往店里看，不去期待那个毛茸茸的大脑袋突然从窗口探出来，也不在微信上问他什么时候回来。

她再看到他的时候，他已经回大理三四天了，没有跟她说。

仍旧是雨天，他和一帮朋友在店里把几张桌子拼起来吃火锅，她从窗外走过，他特别热情地叫她“来一块儿吃点儿吧”，她笑着说“吃过了”，同时飞快地扫了一眼桌上的男男女女。青果坐在他侧面，头也不抬地在锅里捞东西，另外有两三个人是她从没见过的，他的另一侧坐着一个女的，操着一口四川话，虽然隔着窗，但是看得出来气质很好。

又过了几天，他在微信上叫她去他那里，已经快一点了，她看了看，没回。第二天早上才跟他说“昨晚睡着了，没看见”，他说“没关系”，也没有叫她今天晚上过去，她也就没提。

到了下午，她有点儿坐立不安，试探地问了一句：“你朋友走了吗？”她没有说是哪个朋友，但是他好像知道她说的是哪个，简洁地回答说“嗯，走了”。

她用手机“笃笃笃”地轻轻敲着桌面，心中似有一片变幻万千的雨云，连她自己都难以捉摸。独坐半天，好不容易看到有信息进来，打开一看是青果叫她晚上一起吃“散伙饭”。

“哎呀，总算可以耳根清净了，你再不走我都要烦死了。”赵斐一边说话一边不断地给青果夹菜，“好孩子，多吃点儿，你看你，瘦得跟个难民似的，你家长一看肯定得来找我们麻烦。”

青果不耐烦地一股脑儿把他夹的菜倒回他碗里，说：“你怎么跟我妈一个样啊，老爱给人夹菜，一点也不讲卫生。”

“那可不，我要是再大两岁就能生出你来了。”

“滚！”

“哎，可怜孩子，在这儿辛苦了好几个月，也没玩开心，想想真对不起你，别怨赵哥啊。”赵斐说着还揉了揉她头发。

“哎呀，你好讨厌，你就不能跟霜姐一样老老实实吃自己的饭吗？”青果含了一嘴菜恨恨地嚷。

唐霜笑笑，从包里拿出一个包装精美的纸盒递给青果，是两瓶玫瑰露和一盒植物面膜。青果道了谢，端起酒杯来敬唐霜，两人齐齐干了。店里其他几个人也开始轮番敬青果，她酒到杯干，很快便醉得一塌糊涂，赵斐叫人把她背了回去，饭局便散了。

雨季里难得这样一个晴朗的夜晚，皓月当空，万籁俱寂，唐霜睡不着。等到十一点半，她发信息给赵斐：“光顾着喝酒，没吃饭，饿了。”

“下来吧，我一个人在店里。”

她换好衣服下楼去，他已经把店门关了，递给她一块烤好的饵块，她慢慢地吃着，两个人手拉手走回普贤寺去。她突然想起这还是他们头一回手拉手走在路上，一颗心突然就无可救药地沉了下去，饵块里裹了玫瑰糖，她吃着却微微发苦。

迫切地想要抓住什么似的，进了门她便踮起脚吻他，摸他胡须丛中深不可测的脸。他有点诧异于她的热情，也将她抱得格外地紧，用力地吻她。她如同置身海里，东漂西荡无法自处，只有把自己掰开了揉碎了往他嘴里送，恨不得整个被他吃掉，躲进他的胃袋里方能安心。他来者不拒，贪婪地吞食着，两个人缠得密不透风，像两只绝望的八爪鱼，紧到无法动作，直到最后爆炸的一刻，粉身碎骨之后方能分开。

普贤寺的夜晚真静。在他睡着以后她拉开窗帘看了看天上的月亮，整张脸被腌在白盐似的月光里，不一会儿，被腌出的咸泪轻轻打到手臂上。

天方微明，房门被敲响，赵斐摸黑起床去开门，唐霜躺着没动。

“赵哥，我走了。”青果说。

“这才几点？等会儿，我送你。”赵斐把门轻轻关上，走到客厅去了。

“不用了，我叫的车已经到楼下了，我就是想亲口跟你说一声‘再见’。”屋子很静，听得出来，青果的声音在抖。

“傻姑娘……回去好好工作，好好生活。”

“嗯，我走了，赵哥再见。”

过了好一会儿，赵斐重新回房，看了看手机，自言自语地说：“才五点多，这丫头干吗走这么早？她八点五十的飞机啊……”正在纳闷，有电话进来，还没等他问出口，青果已经在电话说：“对不起，赵哥，我把你给我订的机票给退了，我现在跟人拼车去昆明机场，十一点半飞拉萨。”

“赵哥，我不需要你为我好。我已经是个成年人了，我很清楚我自己要的是什么。”

唐霜一直紧闭着眼睛，没有出声。

那是她在普贤寺那边度过的最后一个夜晚，后来她翻遍微信记录，统计出来她一共在那里度过了十二个夜晚。“十二”这个数字不错，是一个可以承载意义并自行圆满的数字。

她搬到了护国路，再也没有去过“露宿人间”。其实护国路离普贤寺和“露宿人间”都不超过三百米的直线距离，没办法，大理太小了。

一开始那段时间她很难过，走在路上偶尔看到一个大胡子便心跳如狂，想起她第一次睡在他的怀里，像一只匍匐的兔子一整晚都不敢动，眼泪便“唰”地流下来。又想起她和赵斐刚认识的时候，怎么就那么多巧合，哪哪儿都有他，她曾经以为那就是所谓的缘分。后来她才明白，那不过是因为大理太小了。大理这个地方，再多的偶遇也不能作为缘分的凭证，她这样的“老大理”是不应该犯这种低级错误的。

赵斐也不太能理解，她这样的“老大理”怎么比小丫头青果还要矫情。她都没法儿跟他解释，只能理亏似的苦笑，不然怎么办呢？说她是真爱他？只怕会被当成神经病吧，只好打落牙齿往肚里咽了。

尽管大理这么小，她搬走以后他们却足足有半年都没有再遇见过。她再回想当初那些巧合，突然想到，在那些所谓的巧合之外，他们一定已经有过成百上千次错过。错过，永远会比巧遇要多。他们，本质上还是无缘人。

她后来找到一个酿酒的小作坊，味道接近喜洲那一家，价格却更为亲民，就在银苍路背后的小巷子里，离“露宿人间”很近。她每次去拿货的时候都绕一段路从玉洱巷穿过去，再快速地从银苍路上闪过，钻进那个小胡同。

玉洱巷算是古城里最清静的一条巷子了，因为窄，不能行车。巷子正中有一口井，井口是水泥砌的，像一个浑圆的句号。她每次走到那里都会停顿一下，与之组成一个叹号。

酒坊老板是两个女人，跟她很投缘，也很善饮，三个女人经常对坐榻上，一喝就是半天。院子里一棵巨大的滴水观音，已经长得跟房子一样高，忠实地将满院子嫣红娇嗲的酒香围在怀里，像怀抱着一个任性的爱人。

桃花酿是喝不醉人的，喝桃花酿喝醉的人，只是自己想醉而已。这是酒坊老板若岚说的。唐霜点头表示同意，桃花酿只是一个邀约，并不足以醉人。她想起她和赵斐初次见面，他给她倒了一大杯桃花酿，而她竟然一口气就给喝完了。

如果有人请你喝桃花酿，那你一定要好好想清楚了，喝下去，你就是他的人了。她想把这句话写到网店的产品介绍里去，够骚情，配这酒。

从酒坊出来已是傍晚，天上霞光如酒，她摇摇晃晃地拎着几瓶酒穿过玉洱巷往回走。再度想起赵斐，酒精激起胸中豪情万丈，心想哪怕现在他突然出现在她面前，她也不会再起任何波澜，那曾经心痛难眠的一段不过是桃花酿的障眼法而已。

她才夸下海口，就看到他从巷子另一头走来。天色将暗，她又有点醉眼蒙眬，却还是第一眼就已经确定了是他没错。真是见鬼了，为什么他总是出现在不该出现的时候？那么多次她想见他的时候，想得要疯掉的时候，他没有一次如愿出现过。

七八十米的巷子不长也不短，他们各自走完了几十米，在巷子中间那口井边会合了。

“嗨。”他笑着招呼。

“好久不见。”她努力地将脚步定住。

“好久不见，最近忙什么呢？”

“没忙什么。”

她听到心里筑了半年的长城塌方似的一块一块崩落。酒精让人冲动，也让人软弱。她在心里向自己认了怂，急急地迈步想走，纸袋里的几瓶酒“乒乒乓乓”打成一团。

巷口一棵花树笼上夜的轻纱，看起来分外动人。她在醉意中恍惚想起又是一个春天了，他们认识已经是去年的事了，桃花开过一轮，还要再开，可已经不是去年的花了。大理三月好风光，可也令人惆怅。

“哎——”他叫她。

她停下来，努力笑着看他：“干吗？”

他没想好要说什么，她突然回身朝他快步走过来了，顷刻间，她便已经走到他身前。她没有止步，直接贴到他身上去，踮起脚迅速地在他右边脸颊上亲了一口，再迅速转身离去。

他有一刹那愣了神，不过马上便反应过来了，一伸手抓住了她的胳膊，揽过头便吻了上去。

长巷寂静，一时无人走过，他用力地抱着她，直把她吻到路边的矮墙上去。他觉得她像一块黄油，在他嘴里化掉了，消失了。他尝到她的味道，新开的桃花，花瓣是苦的。

情僧

世人都晓神仙好，惟有功名忘不了！
古今将相在何方？荒冢一堆草没了。
世人都晓神仙好，只有金银忘不了！
终朝只恨聚无多，及到多时眼闭了。

常宝玉坐在门口换鞋，他先将肥大的裤脚折得妥妥帖帖，再把长及小腿的罗汉袜套上去，然后穿上他在网上买的骆驼牌运动鞋，原价四百六十八，“双十一”打五折的时候买的。他也有两双僧鞋，一双灰色，一双土黄，分别配他的两套“工作服”，但是他每天至少要走上两万五千步，还是穿运动鞋要舒服些。不过这双鞋子已经买了两年了，质量再好也扛不住他每天如此巨大的运动量，已经快要坏掉了。

今天要是能开个一千块的大单，就重新买一双，他暗暗激励自己，然后出了门，快步走过每天都堵车的菜市场附近那段路。

大理不过是个小镇而已，按理是不应该堵车的，不过自从三年半以前博爱路北段被划出一排收费停车位以后，这条路就顺理成章地堵起来了。也不知是谁想出来的，偏偏要在博爱路北段划停车位。怎么能把这儿给堵了呢？如果说复兴路是古城大动脉的话，博爱路北段就是大理镇的心脏。这话可没有半点儿夸张，首先镇政府就在这儿，其次菜市场也在这儿，米面粮油批发、家用电器、日用小五金、小百货等等都在这儿，且不说古城范围内上千家餐馆老板每天都要往这儿跑，大理镇两万居民的生活都离不开这儿呐。

一言以蔽之，管理水平太低——常宝玉经常跟他的朋友黄秋山这么说。

黄秋山是江西人，在玉洱路开了家玉器店。常宝玉在街上走累了就去他那儿打个尖儿，顺便把保温杯灌满开水。

他一边从银苍路往下走，一边玩弄着衣兜里的一串念珠和一个胖大海，慢慢从背后的布包里掏出一个铜钵托在手里，同时清了清嗓子，一拐到复兴路上他便张口唱了起来：

世人都晓神仙好，惟有功名忘不了！
古今将相在何方？荒冢一堆草没了。
世人都晓神仙好，只有金银忘不了！
终朝只恨聚无多，及到多时眼闭了。
……

他眉头紧皱着，右侧头皮上一根青筋与嘴巴连动着，像趴着一根调皮的小蛇。太阳有点儿大，他半闭着眼睛路也不看，脚不沾地地从人群中穿过，宽大的袍袖鼓满了风，手里的铜钵在艳阳映照下发出逼人的光芒，像赶着去收妖的法海。

待走到电影院门口他的脚步便逐渐慢了下来，同时嗓门也大了起来。这个老电影院早就不放电影了，门口的小广场被古城旅游公司霸占做了观光车的停车场，每天有数不清的旅行团游客要在这里下车，然后跟着导游步行去蒋公祠。一天中不论任何时候路过这里都会碰到电瓶车的“长蛇阵”。游客们齐齐伸长脖子盯紧了导游的小红旗，一边走一边“叽叽呱呱”个不停，像一群鸭子。

跟团游大理古城的都是傻子，常宝玉一向这么认为。

大理古城横平竖直方方正正，东南西北四个城门，总共不到三平方公里大，想迷路都没门儿。城里横街六条，竖街六条，他每天要将它们都踏上一遍，用一种文艺的说法就是“用脚步丈量大理城”，每条街都“量”一遍下来也就两个小时，哪儿用得着跟团？

每当面对这些成群结队、“嗷嗷待宰”的游客们，常宝玉的《好了歌》就要唱得更加抑扬顿挫、超凡脱俗，他缓缓地踱过游客圈子，将每一个智慧的“了”字送达那些愚人的耳中，以助他们启悟。偶尔有三两个有慧根的游客会无视赶鸭子般的导游上来跟他唠几句，往他的铜钵里放上十块二十块的，他一般见好就收，草草应付一下就走。

他真正的主战场在杜文秀大元帅府，哦，现在改叫大理市博物馆了。

大理市博物馆的大院子坐落在古城最醒目的黄金地段。从电影院往南走，会越走越热闹，路过洋人街，走过新建的文庙，再穿过五华楼，就能看到博物馆门口的大广场了。这个广场比电影院门口那个广场要大得多，只要不下雨，那里每天都有盛装的白族妇女在跳舞，并且永远都聚着蚁群一样的游客。

博物馆的门楼很高，要爬上两段台阶才能上去，站在门口俯瞰广场上的“蚁众”，颇有点君临天下的豪气——假如忽略对面广场中央的雕像的话。

广场中央有一个巨大的石头雕像，雕的是三个英勇的解放军战士。在雕像后面是庄严的部队驻地。

他在走去博物馆的路上先后遇到了三个同行，两男一女，两个男的跟他一样穿着黄色僧袍，剃了光头，女的穿着灰色法衣，戴了帽子，看得出来留了头发。他们其中一个看到常宝玉时驻足合了掌，微微点了点头，常宝玉也还之以礼，另外两个假装没看见他，他也就假装没看到他们，其实大家的底细彼此都很清楚。

常宝玉觉得他跟他们都不一样。首先，从形象上来说，虽然大家都穿僧袍，但是他们个个都是肥头大耳，一看就是酒肉和尚，而他却又瘦又高，颇有几分仙风道骨。其次，他的头型特别好，剃起光头来简直浑然天成，一看就是有佛缘的。再次，从业务技能上来讲，那些同行们一般是主动搭讪，就像上门推销的一样令人讨厌，而他是姜太公钓鱼——愿者上钩。

他每次看到同行们的拙劣演技就暗暗生气，替他们觉得丢脸，太假、太套路了！每次都是同样的开场白：“这位施主，我看你很有佛缘，送你一串圆通寺高僧开过光的念珠，保你家宅平安、事业有成……”“这位施主，你的面相真好，和尚我锦上添花，送你一句箴言……”没有一点儿创意，更没有半点儿诚意。

他在大理古城的同行并不止这三个，全算起来的话应该有十个人左右，他指的是穿僧袍和道袍的，不包括小蚂蚱那样的，尽管小蚂蚱一直坚持把他认作同行。

小蚂蚱是个十六岁的少年，两根腿骨至膝盖处齐齐断去，每天用两只手撑在地上飞跑，脖子上挂了一个小盒讨钱，浑身脏兮兮的，一张嘴更是脏话不断，是个小不要脸的。

常宝玉跟小蚂蚱也算是不打不相识。那是前年春天，常宝玉有一天开了个大单，两千多块呢，他一高兴就往小蚂蚱的钱盒里扔了一张二十的，没想到小蚂蚱气得蹦起来说："咱俩是一样的人，你凭什么给俺钱！"常宝玉骂小蚂蚱不识好歹，弯腰把钱拿了回来，小蚂蚱又说："给都给了，凭什么拿回去？俺不能白给你侮辱了啊。"嘿嘿，难得这小屁孩还知道"侮辱"二字，常宝玉也就没跟他计较了。但是让常宝玉烦恼的是小蚂蚱总把他当同行，见了面就死皮赖脸跟着他唠嗑，问他今天开单没有，赚了多少。他很生气，小蚂蚱把他的那些同行认作同行也就算了，怎么能把他认作同行呢？他可是会唱《好了歌》的，他是凭本事挣的钱，怎么能是要饭的？可是小蚂蚱不认他这一套，每年"花子会"都要十分热情地邀他同去，就等着看他气急败坏的样子。

"花子会"是大理民间的一个节日，也称"丐帮大会"，每年农历三月二十八这一天，全城的善男信女都会在北门外的国道边举行盛大的活动，大家拿出鸡鸭鱼肉、钱和米，一边庆祝东岳大帝的生日，一边向叫花子布施。每到这一天，小蚂蚱这样的人就是"花子会"上的主角，但是常宝玉是不可能去的。小蚂蚱知道他死要面子，偏就爱逗他，每次他都气得想揍这小子一顿。因为这些缘故，常宝玉现在在街上碰到小蚂蚱都不怎么愿意搭理他。

走到五华楼那儿的时候常宝玉已经看到小蚂蚱了，他正在德克士门口仰着脸跟一个城管说话。想必是那城管叫他走人。小蚂蚱倒也不犟，一脸乖巧地问："俺往哪儿走嘛？大哥，你说给俺俺马上就走。"那城管是天天见他的，早就是老熟人了，只说："你爱往哪儿走就往哪儿走，反正别在这儿就行。""好嘞，那我去人民路转转。""哎，人民路不能去。""哦，那我就去博爱路啰。""随便你。"说完小蚂蚱便开始往博爱路爬去，他的两只手掌各套了一只"木屐"，像磕长头的藏族人一样，用来保护手掌不被磨破。他故意要引起人注意，把两只"木屐"在地上打得"啪啪"响，有心软的老太太、小姑娘或者小孩子见了就会往他胸前的小盒里扔上一两块钱。

常宝玉一直等着小蚂蚱爬了好远才开始唱他的《好了歌》，果然不一会儿就有一对头发花白的老两口向他搭讪，他趁机"送"出去一个"护身符"，因为是老年人，他不好收太贵，只要了他们一百块，还陪他们足足唠了四十分钟的嗑儿，可以说是"跳楼大甩卖"了。做完这单"生意"，他接着往南门走去，从城墙旁边的侧门处爬了上去。

他很喜欢这段城墙，可饱览苍山、洱海以及古城全景，最重要的是，这样古风盎然的城墙，跟他古典的气质更配，他那一身僧袍到了城墙上，被往来的风一吹，更显超然气度。

城墙上最近来了一个卖唱的小姑娘，他前两天跟她聊过几句，知道她是河南的，刚上大二，不爱上学，自作主张跑出来闯荡江湖。因为在网上看了一些文青写的故事，所以就来了大理。他认为自己有义务把这孩子劝回学校去，不能让她就这么毁了，但是小姑娘一看见他来就已经拉下脸，他只好闭了嘴，往她放在地上装钱的吉他盒子里放了十块钱。

“谢谢大叔。”河南小姑娘对他说。

他顿时有些不悦，这隔了辈儿了呀。可是，不叫大叔又该叫他什么呢？他都第四个本命年了啊，他好几个同学都已经当爷爷了，真是不服老不行了。

他怏怏地出了南城门，往文献路走了几步，站在那儿往文献楼望了望，然后回转身又进了城。

一个半小时以后，他转到了玉洱路上黄秋山的玉石店里。黄秋山见他过来很高兴，说：“我都连续三天没开张了，你帮我看会儿店，帮我转转运。”“三天没开张怕什么，等我来给你开一个大的，保你‘开张吃三年’。”他淡定地在柜台后面坐下，熟练地烧起开水，同时把兜里备着的一只胖大海拿出来，保温杯里的开水早已喝完，嗓子都快冒烟了。

黄秋山一溜烟儿跑去银苍路的小麻将馆里“散心”去了，到天黑时分才回来，常宝玉虽然没帮他开张，但是他在麻将馆里赢了五六百，因此心情还不错，叫了两个盖饭一起吃了。常宝玉吃完盖饭，踱着步子回了住处，一天的工作算是结束了，虽然净收入只有一百块钱，但是今天的支出是零，要是天天这样的话也不赖。

回家太早了，饭也吃过了，没什么事干也很无聊。他打开手机上的听书软件，开始听《情切切良宵花解语，意绵绵静日玉生香》，这是《红楼梦》里他最喜欢的一个章节。贾宝玉怕林黛玉刚吃完饭就犯困伤了肠胃，因此挖空心思讲故事给她解闷，端的是两小无猜、岁月静好。他听着听着就犯了困，连衣服都没脱就睡着了。

一觉醒来已经夜深了，这一觉睡得恰到好处，整个人神清气爽，白天才觉得自己老了，现在却感觉还能上山打虎。他果断起床换了衣服戴了帽子往南门去了。虽然仍旧是穿过复兴路，这个时候他的身份已经不同了，白天他是为了工作，现在他跟街上的游客没什么两样，是来休闲的，而且他远比那些游客们更懂得这座城，也更知道如何在这儿找乐子。

其实从他的住处去三月街比去南门近多了，不过他还是宁愿去南门。三月街就是西门出去以后直插苍山那条大路，一个高大的牌楼立在那儿，上书三个金文大篆字“三月街”，穿过牌楼的街道两边有数家 KTV，每到夜晚彩灯闪烁，别有风情。

他去过一次三月街，那是前年黄秋山请朋友去玩时拉上他去凑数。他后来跟黄秋山说他不喜欢那地方，太俗气了。他们那次去的 KTV 叫“情梦缘”，他痛心疾首地说，有“情”字就大可不必有“梦”字，更不必有“缘”字了，或者其中二字组合也还勉强能看，三个字凑到一起就不行。比如说《红楼梦》又叫《石头记》《情僧录》和《金玉缘》，“情”“梦”“缘”都只能用一个字，三个字一起用简直……简直就像近亲结婚，犯了乱伦大忌——他为自己想出这么一个精妙比喻而心如潮涌，久久不能平静。

然而黄秋山虽然卖玉石，却没什么文化。他的货大多是假的，尤其是他店里的蜜蜡，十个能有九个半是假的。他这样的人不但不懂什么金玉，连石头也不懂，更不能领会常宝玉的品位。要论知音，还不如阿香。

常宝玉在南门的相好叫阿香，他差不多每周过去找她一次，已经成了习惯。

阿香第一次知道他的名字时，马上起了范儿说：“哎哟，原来是宝哥哥，黛玉来给您脱衣服吧。”被他严肃地阻止了。调侃他无所谓，他不能允许别人糟践了黛玉，况且以阿香的姿色充其量只能算是香菱，他心目中的“黛玉”另有其人。不过，读过《红楼梦》的人都知道，香菱的容貌“有东府里蓉大奶奶的品格儿”，而这位“蓉大奶奶”秦可卿兼具钗、黛之美，所以香菱也是可以充作“副黛玉”的，拿来慰他这“假宝玉”亦已足矣。

他去阿香那里一般是后半夜，她通常会在南门外站到一点钟，他买个消夜过去正好接她下班，然后一起过夜。到了他这个年纪，定期能跟一个女人抱着睡个整觉足以让他产生一种过日子的仪式感，就像是周末夫妻。他其实并不是个浪子，也非皮相滥淫之徒。有时候过去碰到她来“例假”，他也照样给些钱，他有着天生的怜香惜玉的好心肠，像贾宝玉一样。

阿香的性格很活泼，虽然也是奔四的人了，做的又是这个行当，却自有一股爱娇和天真。常宝玉觉得，她虽然也苦命，但是性子却不像香菱，更像湘云多一些。他们相识也有两年了，一直处得不错，恩恩爱爱的。她也觉出他待她与别人不同，不拿他当一般的客人。

夜深了，两个人头抵着头在她床前的小桌子上各吃一份炒饵丝，一边说着话，像一对才下了夜班回来的老两口。她嫌那炒饵丝油腻，没吃两口就去洗澡了，回房的时候递给他一个洗好的苹果。他吃完苹果，她已经又困又乏了，眼皮直打架，闭着眼睛娇滴滴地把双臂绕上他的脖子说“来吧”。

到了凌晨时分，他俩之间已然是例行公事。他体谅她辛苦，从不跟她计较什么，就当是老夫老妻了，自顾自地在她身上起伏着，不用多久也就完事了。偶尔他兴致好的时候也会叫她“改个样子”，她都会尽量配合，从不“扭手扭脚”，他觉得这样就不错了，哪有两口子能夜夜激情似火的，老夫老妻都是这样温暾如水的，宝玉和黛玉到了四十多岁也只能这样了吧。

一完事儿阿香就睡着了，他因为已经睡过一觉，所以还不怎么困，就躺在那里一边刷手机一边遐想。

他心里的“真黛玉”是他的中专同学薛彩容，你瞧，真是世事弄人，偏偏她却姓薛。

他们上一次见面是在十年前的同学聚会上，那次是毕业二十周年聚会，今年是三十周年了，同学群里又有人在组织聚会，他还没想好要不要参加。

他记得十年前的薛彩容刚离了婚，轰轰烈烈地投入了直销事业。他不是没有过乘虚而入的想法，其实十年前他的境况还可以，比现在要好得多。只是他觉察出她对他的热情不过是统一配方，跟对别的男同学、女同学没什么两样，明显是另外两个混得好的男同学更得她的青睐。他虽然自命不凡，这点自知之明还是有的。

他想起十年前的她，与学生时代相比变化其实挺大的，不过变化并不在她的外貌上。虽然她的腰身已经开始变粗，但是脸上轮廓还在，依稀有当年的冰美人气质。想当年她在班上是多么高冷，如广寒仙子般令人难以接近，若非如此，他肯定是要去攀一攀的。而十年前那次见面的时候，她像只花蝴蝶一样满场飞，四处撒名片。他虽然体谅她一个离婚女人谋生不易，心里却在替她惋惜，好好的一个“黛玉”变成了热衷于仕途经济的“宝钗”了。不知道她现在怎么样了，有没有再婚，明天可以问问组织聚会的老六，还可以顺便问问她是否参加。

他正在那边神思遄飞，阿香已经睡醒一觉，出去上了一趟厕所，回来幽幽地叹了口气，低低说了句什么。他以为自己听错了，撑起头问她："你怀孕了？"她没精打采地叹了口气。他觉得有点滑稽，阿香做这一行也有好几年了，竟然也有老马失蹄的时候。

"要不，生下来咱们一起养。"

她白他一眼："又不是你的种，你养他干吗？"

"兴许碰巧是我的种呢。"

"滚，我烦着呢。"

他哪舍得滚开，仍旧将她抱着，津津有味地说："最好是个女儿，养女像爹，要是像我的话肯定长得俊。"他跟前妻有一个儿子，不过离婚后前妻带着孩子改了嫁，已经数年不曾联系过，儿子是不是还姓常都不知道。他其实是喜欢女儿的，女儿是水做的骨肉，见了便清爽。

"哼，说得好听，拿什么养？"

"我们可以盘一个店面，随便开个杂货店什么的。黄秋山他表弟刚在博爱路盘下一个小铺面，只花了三万块钱。博爱路现在修路，往外租和转的铺面价格都很低，等到路一修好，生意肯定会好起来……"他还在那儿天马行空地说着，阿香已经又睡着了。

他轻抚着她的肚子，难怪她最近胖了，不过那一身暖暖软软的肉真是令人销魂。但是她已经开始有妊娠反应了，一晚上要起来好几次。

早上他走的时候她的一张脸惨白，显得特别憔悴。他摸了摸她的脸，她强撑开眼睛，说："你要走了？"他点点头，把身上所有现金都掏了出来给她，一共有将近五百。

"需要我帮忙的话就说一声，反正我有空。"

"小华会陪我去的，你忙你的去吧，谢谢了。"她的声音低沉而温柔，又充满无限依恋。小华是跟她一起站街的小姐妹，就住在她隔壁。

他拍拍她的手背，站起来走了，那一瞬间他真有一种告别自己老婆去上班的感觉。走出门口却又忍不住自嘲，这算什么？他总是这样，对待女人总是特别糊涂，大概真是个天生的情种。

他这一生真是有女人缘，家里三个姐姐一个妹妹，父亲去世早，他从小跟母亲和四个姐妹一起生活。读中专时整个班三十五个人只有两个男生——他上的是铁道职业中专，他们那个班培养的都是火车上的乘务员，只不过他后来没有做乘务员，他母亲觉得做乘务员太辛苦了，舍不得儿子吃苦，花钱找关系把他调到了市糖果厂。

他从十六岁开始初恋，在脂粉堆儿里滚过半生，想不到如今却孑然一身。

他第一个老婆是糖果厂的职工，是她追的他，不夸张地说，他年轻的时候是个美男子，追他的女孩子真不少，即使是在他结婚以后，那些莺莺燕燕也没断过，后来离婚也是因为他老婆受不了这个。结婚的时候他才二十出头，是奉子成婚，离婚的时候他才不到二十五岁。不过他很快又结了一次婚，在他二十八岁那年，对象是个跟他在外貌上旗鼓相当的美女，市黄梅戏剧团的一个演员，他努力将这段婚姻维持了整整十年，后来还是宣告失败了。第二次离婚和下岗几乎是同时进行的，在那一年他的母亲也去世了，同时遭到三重打击的他就此离开了家乡。

他也曾尝试过做点小生意，奈何却没那个头脑——是的，他虽然从小就自诩聪明，却不够精明，这一点他是认的。把母亲留给他的家产和工厂买断工龄的钱花完以后他就流浪到了大理，再也没离开过。老家太穷，那儿的人很少出来旅游，没人知道他在大理做些什么，他在老家交际圈子里的身份是一个玉石店老板，他经常在黄秋山店里拍些照片发到朋友圈里，刻意地营造了这个误会。

最近不能去阿香那里了，下班后的时间变得无聊起来，他开始在同学群里聊天。他已经加了薛彩容的微信，不，是薛彩容主动加了他的微信，她问他回不回去参加聚会，他一直犹豫着没有给她准信儿。她又离了一次婚，过得也不怎么好，现在，他们是完全平等的了，没准儿，这是他的最后一次机会。可是，越是这样他却越是心虚。她好几次在他朋友圈里评论，夸他还是那么才华横溢，羡慕他在大理的神仙生活，搞得他愈加不敢回去了。

他只犹豫着自己要不要回去，却没料到薛彩容自己杀了过来。他们已经连续每天在微信上聊了一个多月，该说的都说尽了，只有做了。他还有阿香以慰寂寥，可怜薛彩容被他熬得一双眼都枯了。

别的倒没什么，玉石店的事可不好糊弄，他要面子，不可能跟黄秋山直说。何况她这趟过来，不止待一天两天，搞不好就不肯走了，那可怎么得了？想到这里他突然有点后悔，不该去撩她。

也是上天助他，黄秋山刚巧要回一趟老家，常宝玉路过玉洱路的时候看到他的店关着，就打电话问他，然后假意说店铺关了怪可惜的，每天租金也得一百多呢，不如他来帮忙看。黄秋山假意推辞了一会儿，直到常宝玉说不用给他开工资，万一开单了给他一点提成就行，反正他也闲着。他知道黄秋山店里所有的真家伙要么在保险柜里，要么在他自己身上带着，剩下柜台里摆的那些都不值钱，只要不低于一折卖都有钱赚。黄秋山马上就同意了，没过一会儿就叫人把店里钥匙送了过来。

薛彩容在一个深夜到达大理，常宝玉包了一辆车去火车站接她，然后直接将她带到了博爱路金花客栈，他花了一千二百块钱在那里包了一间房，要是日租的话怎么也得一百二一天，包月划算多了。

在金花客栈三楼的大床房里，他睡到了薛彩容。其实也不能算太意外，当年读书的时候他们就是班上的金童玉女，只是迟了三十年才成双而已。

薛彩容无论是从相貌、身材和社会地位来说，还是从在他心里的分量来说，都是阿香不能比的，综合起来算是他近些年以来睡过的最好的一个，唯一可惜的是她剪了短发，林黛玉不应该是短头发的。不过，无论如何这是他中年生活的一个小高潮，他觉得自己要走运了！

他有点后悔自己平常过于高冷的营销方式，早知道薛彩容会跟他，他应该像别的同行那样厚起脸皮去努力推销，那样的话兴许现在手里能有一笔钱，可以开口跟她求婚。是的，他这次是认真的。从上次离婚到现在也有十来年了，他也寂寞太久了，如果有可能的话最好还是再结一次婚，好好跟心爱的女人共度余生。

薛彩容跟着他走进玉石店的时候，整张脸都焕然生辉，映得那些假玉石都亮了。她兴奋地摸摸这个，掂掂那个，再看看那些令人咋舌的标价，兴奋得满脸潮红。常宝玉虽然心中忐忑，却也暗自得意。

薛彩容在大理一共待了八天，他对她的爱意一天比一天浓，求婚的话几度到了嘴边，几乎就要冲口而出。虽然她来的时候比他要激动，不过从第五天起，她的热情就慢慢冷却下来了，这是他后来才发现的。第八天她走的时候，甚至没跟他约定下次什么时候过来，不过他主动说了春节会回去看她。他后来想，他那时没留她，她是不是不高兴。没办法，他有他的苦衷，黄秋山迟早是要回来的，他怎么可能一直留着她？

她回去以后他们接着聊微信，只不过火花已过，聊天也归于平淡，算是意料之中。他现在满脑子想的是怎么快速搞到一笔钱好跟她求婚，想来想去，只能去找黄秋山商量一下对策。

黄秋山回家这段时间，常宝玉一门心思都在薛彩容身上，根本没卖出什么货。只有一个藏族人来店里看了好几次，问完这个问那个，本来以为很有希望卖出点啥，只是那藏族人似乎精明得很，再加上语言不太通，最终还是没买。好在他本来也没拿黄秋山的工资，这也没什么可说的。黄秋山回来以后，店里的生意明显要比他在的时候好很多。虽然他一向鄙视黄秋山没什么文化，但是做生意他还是服黄秋山的。他想，读书和赚钱可能用的不是同一种脑子，他和黄秋山各有所长。

他还没有去找黄秋山，黄秋山的电话已经打来了，叫他赶紧到店里去一趟。他以为是黄秋山又临时有事叫他去帮忙看店，赶过去一看店里除了黄秋山，还有三个男的在，其中一个是黄秋山的合伙人小王，另外两个没有见过，大概是黄秋山的老乡吧。

“哎，我说老常啊，你这就不太地道了啊，我们请你帮忙看个店，你这是监守自盗啊。”小王年轻，说话一向不饶人，一开口便让常宝玉丈二和尚摸不着头脑。

“别这么说，老常不会做这种事情的，我信得过他的人品。”黄秋山马上打圆场。

“来，你来看。”小王把常宝玉拉到电脑屏幕前，那里正显示着店里的监控录像，画面里一男一女正头抵着头聊得火热，正是他和薛彩容。

“这是你和你那‘薛宝钗’没错吧？”

他点点头，小王把进度条往后一拉，找到一个画面暂停，然后放大给他看，他看到画面里薛彩容手里揣了个鸽蛋大的黄色石头，随后小王又把过程完整地回放给他看，他看得真真切切，薛彩容藏了一颗蜜蜡到自己衣服兜里，再看日期，是她来大理的第五天。他也真是被她睡昏了头了，竟然一直都没发现。

“这……”他哑口无言。

黄秋山拿了根牙签剔着他的一口大黄牙，慢条斯理地说：“没事的，老常，我知道你不是那种人，你只要叫你女朋友把东西还回来就行了，她还在大理吗？”

“她……回老家去了。”

“老子跟你说，不管她跑到哪里，东西必须要给我追回来，不然老子跟你没完。”小王已经迫不及待撕破脸皮了，一双细长的眼睛透出凶光来。

常宝玉没敢吱声。

黄秋山把牙签一扔，皱着眉头说：“这怕是有点麻烦，老常，你赶紧跟她联系一下，想办法把东西要回来。不瞒你说，这东西值点钱，要是找不回来可不好交代。”他没说要是找不回来是谁不好交代。

常宝玉头皮发麻，结结巴巴问了一句：“值……值多少钱？”

黄秋山伸出一个巴掌，五个手指头根根如戟，每根都能戳死人。

他怀抱一线希望问：“五千？”

“嘁，要是五千我还用得着这么紧张吗？五万！我的哥哥，那可是个老挂件，价格按克算的，是小王家一个叔叔压箱底的货，我们拿来镇店的，还写了借条给叔叔的呢，不信可以给你看。”

常宝玉直冒冷汗，知道这回掉坑里了，他暗自庆幸黄秋山没长六指，要是有的话那东西就值六万了。他常宝玉不是傻子，知道那东西肯定值不了五万，可是现在把柄在人家手上，人家说多少就是多少，你哪有还价的份儿。更让他无法接受的是，薛彩容怎么可以做这种事情！真是令人痛心！

他抱着一线希望上微信找她说这个事情，才一开口就被对方拉黑了，心中顿觉不祥，马上打电话过去，她倒是接了，但是先声夺人地把他大骂了一顿，骂他“骗子、不要脸”，他被气得张口结舌，这是哪儿跟哪儿？最后，她撂下一句“你自己心里有数！”就把电话挂了。他再打过去的时候电话已经打不通了，想必是被她拉进黑名单了。

这……荒唐！真他妈荒唐！真是满纸荒唐言！

事已至此，能怎么办呢？只能先躲躲风头了。他哪有五万块钱赔给黄秋山？就算有他也不会赔的，那肯定是个假货。黄秋山这狗日的实在不地道，他算是看透了，无商不奸！

金花客栈包月的房子虽然还没到期，但是太容易被找到了，他不敢去住，跑到古城外的水碓村找了间房子搬过去暂时住着。这一住就是一个月，电话也一直不敢开机。他本来就没存下多少钱，薛彩容过来这一趟租房、吃喝玩乐，再加送礼物和返程的机票，花了他一万多，再这样躲下去肯定是不行的。他打算下山去打探一下情况，实在不行就去丽江混。他虽然在古城有不少熟人，但是这种事情都不好跟他们开口。

他想到可以叫阿香帮他去玉洱路看一下黄秋山的动态，他从来没跟黄秋山提过他和阿香的事情，他们不会认识她的。

他戴了个帽子，穿了件夹克，出了水碓村，站在国道边犹豫了一下要不要坐车。日头正毒，他穿的又有点多，从这儿到南门那边说近不近、说远不远，要不还是坐车算了。

他上了车，刚刚坐定，就一把被人揪住了，是那个到黄秋山店里来过几次的藏族人。那藏族人本来普通话就不好，这会儿急起来更是口齿不清，常宝玉半天也没明白他为什么要揪着自己。

车子摇摇晃晃往前开着，司机眼看二人要在车上打起来，马上说："哎，哎，不要在车上打架，要打下车去打。"说着把车子停在了红龙井公交站，车门"哐"的一声打开，常宝玉和藏族人扭成一股绳下了车。

藏族人血气方刚，常宝玉虽然个子比他高，但体力上却不是他的对手。在大理这地界混了这么久，他一向是不惹本地人的，此刻他只求脱身。他瞅准一个空子，不顾车流就往马路对面跑，从红龙井城门跑了进去，然后飞快地往复兴路跑，想到人多的地方把藏族人甩掉。

那藏族人一直穷追不舍，一路"哇啦哇啦"叫嚷着，引得路人纷纷往两边避让，这样一来常宝玉便没了藏身之处。说来也是倒霉，他穿了两年多的那双名牌运动鞋早不坏晚不坏，偏偏这个时候坏了，右脚的鞋底脱了一半，打在地上“啪啪”响，他想停下来干脆把那只鞋脱掉，奈何藏族人追得太紧，根本没给他这个机会。

等他跑到博物馆门口，藏族人已经抓住他外套后摆，紧接着，他的腰间一阵刺痛。围观的人群齐声发出尖叫——“杀人啦！杀人啦！”藏族人终于将他放开，他踉踉跄跄往前走了两步，一跤倒在地上，人群又是一阵整齐的尖叫，并且纷纷退到十米以外，宽阔的石板路中间霎时只剩下他一个人。他正好倒在博物馆门口，在杜文秀元帅的英灵和解放军战士的威严凝视下，渐渐缩成一团。

在围观人群撤出的大片空白处，有一个瘦弱的身影大步流星地朝他走来，脚步声“啪啪”作响，跑得又急又快。不，他不是在跑，而是在爬。那人虽然身形极瘦，两只胳膊却长得惊人，活像一只跳跃的蚂蚱。

常宝玉的眼睛已经被汗水糊住，他对着倒映到他眼前的小蚂蚱哆哆嗦嗦地说：“打……打……给……阿香……”要是演电视剧的话，他应该在说完这句话以后昏过去，但是他并没有。他是等到警察和120救护车都赶过来以后才昏过去的，那时候，阿香也已经赶到了。

他没过多久就醒过来了，警察就近将他送到了解放军六十医院，然后一脸嫌弃地把他的手机还给了他。他知道是为了什么。打开通讯录，薛彩容标的是“黛玉”，阿香自然是叫“香菱”，从大姐到小妹依次是元春、迎春、探春、惜春，黄秋山是色鬼“贾瑞”，其余从“焦大”到“甄士隐”不一而足。他们一定当他是个神经病。

藏族人虽然武猛，下手却不狠，没有伤到他的要害，他只是要在医院躺上一阵子罢了。至于藏族人捅他的原因，警察一开始以为是他做假和尚时骗了人家，所以遭到报复，那当然是不可能的，有祖传信仰的藏族人怎么可能听信中原假和尚这一套。后来查清楚了，原来是黄秋山惹的事儿。藏族人在黄秋山店里花八万块买过一块假蜜蜡，后来发现了，一直要找黄秋山讨回公道，可是黄秋山一直躲着他，上次所谓的回老家也是为了躲他，偏偏常宝玉这个傻子自告奋勇要帮黄秋山看店。藏族人后来上店里去的时候，常宝玉正带着薛彩容看店，口口声声自称老板，藏族人一开始以为黄秋山把店铺给转让了，后来不知怎么脑子转过弯来想通了：他们就是一伙儿的！黄秋山后来看藏族人这个要跟他拼命的驴劲儿，早就吓得躲了，没想到常宝玉那么倒霉竟然直接撞到了藏族人的枪口上，而且还企图逃跑，藏族人早就憋了一肚子气，一时怒极攻心就把他给捅了。

事情弄清楚了，不过这个藏族人也是穷得叮当响，当初买假蜜蜡把钱花光了，一时半会儿赔不出钱来，医药费已经欠了一屁股，常宝玉只得打电话回老家找几个姐姐求援。二姐“迎春”带着钱亲自过来了一趟，照顾他几天又回去了，剩下的日子都是阿香在医院看着他。小蚂蚱下了班也经常过来陪他，阿香没空来的时候，小蚂蚱还帮她送过两次饭来。

虽然被捅了一刀，常宝玉的心里却踏实了下来，这一刀把他的心事给捅开了，黄秋山肯定不敢再找他麻烦，他也不用离开大理了。

“张嘴。”

他温顺地张开嘴，吃了一小片苹果。阿香又削了一小片给他，他又吃了。吃了几块以后，他摇了摇头：“不吃了，要吃你。”

“哼，不吃拉倒，我自己吃。”她说着自顾自吃起来。“哎，你姐姐她们叫什么名字？不会真叫什么迎春、探春吧。”

“大姐叫招弟，二姐叫引弟，三姐叫带弟，我叫常满意，小妹叫常有余。”

她听了“咯咯咯”笑起来，然后从包里拿出一个小本子来，一边写写画画一边念给他听：“招弟给了六千块，引弟给了五千块，带弟也是五千块，我这儿凑了五千，一共是两万一千块，引弟往返路费和食宿花了一千四百六，手术费、医药费已经交了一万三千九百二十，一共还剩下五千六百二十，应该能撑到你出院……怎么样？我的数学不错吧？”

小妹没给他凑钱，在他意料之中。小妹从小就看不惯他，说他一身的毛病就是爸妈和三个姐姐惯出来的。可是阿香竟然为他拿出了五千块钱，他想起上次给了她堕胎的五百块钱，现在她十倍奉还了，得此红粉知己，夫复何求？想到这里，他胸口暖暖的。

病房本是三人间，其中一个床位空着，另一个床位住的是本地人，每天打完针躺一会儿就回家去了，所以实际上只有他一个人在住。他伸长胳膊钻进她衣服下摆里去，游上她腰间的层峦叠嶂。她不以为意，还是认真地吃着手里的苹果。他以前建议过她减肥，他喜欢瘦的女人，女人要瘦了才有灵气。

不过，阿香才不会管你什么灵气不灵气呢。

他摸到她的肚子，那儿比以前又肥了一圈，再看她的脸，也是圆了一圈。

“你没做？”

“没做。”她“咔嚓”咬了一口苹果，一边嚼一边说：“那个不要脸的臭男人因为我生不出孩子打了我十几年。我偏要生一个给他看看，哼。”说着把眼一翻，一脸神气的样子。

他们认识时间不短了，他从来没有问过她以前的生活，也没问过她为什么要做这个。他觉得不必要问，女人入这行左不过是命不好，但凡能好好做人，谁愿意做鬼呢。

“哎，苍坪街有个小铺面只租三万八一年，楼上还可以住人，你说在那儿开个小面馆怎么样？我以前在老家开过早餐店的，挣的也不少，就是辛苦些。哎，到时候你过来帮我带孩子吧，不然我忙不过来啊。”

他不说话，默然把手往更广处摸去。

渣男启示录

每个人都在默默守着心里的那尊神像，
期待从那里获得平静与幸福的力量。

认识 John 是在清迈。

那是三月份的时候，当时她跟杜海斌处于分手边缘，就跟女友若岚等人一起跑去泰国透口气。

她跟若岚一起在大理经营着一个酒坊。酒坊刚开业的时候，她曾经十分卖力地写了一些宣传文案发在网上，其中有一篇图文并茂的品评武侠小说里谁最会喝酒的帖子在豆瓣上火过一阵，帮她网获了一批“粉丝”，杜海斌就是那时候开始关注她的。她这人并无常性，对舞文弄墨也不太感兴趣，只是偶尔兴起才会涂鸦几笔，等到酒坊生意稳定了以后就很少上豆瓣了。杜海斌主动要了她的微信，然后才发展出这样一段孽缘。

都说大理和清迈就像是两个异国兄弟。中国人民不开心的时候就到大理去，大理人民不开心的时候都往清迈跑。混大理的这些人，几乎没有不喜欢清迈的，很多人夏秋季住大理，冬春季就去清迈。在清迈街头闲逛的时候隔三岔五就能遇到大理的熟人。

若岚说：“要不咱也在清迈弄一个据点？”她缓缓摇了

摇头，除了那令人销魂的“马沙鸡”，她暂时还没觉出这城市的好来。

在大理这种地方住久了的人，眼睛被好风景惯坏了，动心的阈值也高了，出门很难被别地儿的风景打动。从视觉上来说，她觉得泰国就是个有海的西双版纳，因为她之前已经来过两次，更加提不起什么兴致。当然，也可能是因为心情欠佳吧，反正她一路上都没提起什么精神，只有在坐车经过一片田野的时候突然心中一痛。

那是一段笔直平坦的公路，两边都是整齐的田畦，绿得如同刚涂抹上去的颜料，厚得推不开。这一段的风景很像大理的某处，那是在去往沙溪的老路上，快到右所镇下山口温泉村的地方。大理的路都很美，且不说盛名在外的环海路，就是寻常的乡村小路也都有一种朴素安逸的美，但她最喜欢的还是下山口附近那一段。就像此处一样，公路两面都是开阔整齐的田野，春天的时候一片新绿，秋日里一片灿黄。如早晨或是傍晚经过，会有极美的烟霞笼罩。她跟杜海斌第一次接吻就在那条路上，也是在一个傍晚。

那旷野之中有两棵参天大树，树冠极大，交错出一大片浓荫。他们远远地便看到了那茫茫绿野中的树影，越看越亲近，眼看就要驶过，杜海斌终于按捺不住，一打方向盘就把车子开到了树下。

暮霭沉沉，烟树离离。一时间，他们都忘了言语，也丢下了过去与未来。在大理，像这样的美景俯拾皆是，但是你并不会因为长居此地而麻木，反而会日复一日地被它感动。在那样的情境之下，即使是最无情的男女也会心生柔情吧，何况他们已经暧昧许久。

此时离他们的“初吻”过去二十个月以及三千里。时近傍晚，淡蓝的天幕上有两朵悠然的云在缓缓散开，夕阳将它们染成酡红，如两张醉脸。她掏出手机拍了两张照片，给杜海斌写了一封矫情的长信：

> 跟朋友去看了一天庙回来，路过一片田野，看到很美的火烧云，像喝醉了的美人，有点含着情。拍了几张照片，想到你。想到上一次跟你走在这样的路上，并不是很久之前的事，却像是隔了沧海桑田。

想到这里，她的眼睛已经笼上了一层水雾，要不是那天的晚霞过分美丽，他们大概根本就不会开始这样一段异地恋，也就不会有现在这一场伤心吧。虽然理性上知道会有这样的结果，心里还是会有一些理直气壮的难过，她擦了擦眼角。

> 把这几张黄昏的云朵发给你，希望你能想起我们共有过的日子，同时私心里仍然在偷偷地定义着：今天，我们是在一起的。虽然我们一整天都没有说话，可是，今天我是你的，你也是我的。我们在一起的日子又多了一天，我心里是这么想的。

信发了出去，再抬头天色已黑，车子也已经回到清迈城里，不一会儿就到了她们住的旅馆。

吃完晚饭，若岚和别的朋友下水游泳去了，她独自坐在泳池边玩手机。杜海斌一直没有回复，微信上倒是有一个“附近的人”跟她打招呼，是个鬼佬。

他问她是不是今天从“黑庙”那边回来，他说他认识她，并附上照片为证。照片上是一副白色耳塞，她翻了翻兜里和包里，发现那正是她的，估计是下车的时候落在座位上了。再点开他的头像一看，白皮金发，浅粉的鼻头两边零星散落着几颗雀斑——是白天坐在她后座的年轻男孩。

他很热情地说："我就在你附近，我把耳塞给你送过来吧。"没过一会儿，他已经十分熟稔地坐到了她旁边的躺椅上。她接过耳塞，向他道了谢。他用粗硬的舌头说出一句中文"不用谢"。

"你会中文？"

"我会说一点点，也会看一点点中国字。"他是英国人，大学才毕业，在附近的一个英文学校工作，同时在跟一个朋友学中文。

"太好了，我的英文正好不够用。"

"我有中文名字，叫'孙悟空'，你的中文名字叫什么？"

她故意要考他，把名字写在手机屏幕上给他看，果然把他难住了。他看了半天，犹犹豫豫地指着中间那个字问："这是'湖'？"她大笑，告诉他："这是'湘'，湖南你知道吗？""啊！湖南，那个……毛主席……湘菜的湘！""对了！旁边这个字念'黔'，是贵州的简称，三个字连起来念'夜湘黔'。"

"夜——湘——黔。"他很认真地跟着她念了一遍，又在嘴里低声复述了好几遍，然后咽了一把口水，仿佛把三个字吞进肚子里了。

他们又在泳池边坐了一会儿，湘黔看了看手机，杜海斌依然没有回复，她觉得自己完蛋了，又干了一件蠢事。

“为了表示感谢，我请你喝一杯。”她说。悟空欣然起身。

如果不那么仔细去分辨细节而是单说氛围的话，清迈跟大理确实就像两个同胞兄弟，尤其是在夜里。满城的矮房子，蛛网般凌乱的电线，灯光下聚满慵懒的灵魂。只是，暖热的风将人环抱着，走到哪里都感觉被掣肘。有那么一刹那，湘黔觉得自己很傻，跑来另一个“大理”干什么。这次跟杜海斌吵架是因为他太忙临时爽约没来看她，其实她完全可以用这段时间去北京看他的。她已经后悔了，但是杜海斌不知道。

时间还太早，酒吧还没开始上客，他们打了几盘台球。悟空没打过台球，但是上手很快，一口拙笨的中文给他平添了几分可爱。

他们在酒吧待到十一点半，酒意、音乐、人声开始涨潮，人像置身在一只颠簸的船上。

湘黔一遍一遍地看手机，杜海斌像是死了一样。她在犹豫要不要第三次把他拉黑，可是，事不过三，要是再拉黑他，他可能就再也不会回来找她了。终于，在她行将崩溃的时候，他给她发来一个“月亮”。

连续半个月以来，他都拒绝跟她说话，只肯早上起床给她发一个“太阳”，晚上睡觉前给她发一个“月亮”。她也每天给他发一个“太阳”和“月亮”。这是他们之间的一个仪式。

热恋的时候她曾经跟他说过：“我想要与你每天互道‘早安’‘晚安’，因为我觉得那是属于我们共同的日子，需要我们一起来开启和结束，像婚礼上新郎与新娘一起切蛋糕，你握着我的手，共同劈开一个新的纪元。”因此，不管他们如何吵架，如何冷战，“早安晚安”这个仪式一直没有丢掉。

这半个月里，他们像在玩一个“谁先说话谁就输”的游戏，然而她今天给他写了长信，她已经输了，可他仍然只给她一个“月亮”，这个渣男！

她一口气把一小瓶啤酒喝干，悟空歪着头看她，提议要不要换个地方去玩。她笑了笑，虽然她很想报复一下杜海斌，但他毕竟还是给了她一个“月亮”，今天，他们还算是在一起的。

她说：“不了，明天还要早起陪朋友去清莱。”悟空说那好的，又问她什么时候回大理。她告诉他还要十来天，但是故意没说大后天就要去苏梅岛。他说他有可能不久后会去一趟中国。她客套地说，等他来中国请他吃湘菜。

过了两天，她在去苏梅岛的船上，再度收到悟空用蹩脚中文发来的语音，她倒也没骗他，拍照告诉他已经离开清迈了。他祝她旅途愉快，她回他有缘再见。

回到大理以后，湘黔终于还是忍痛结束了跟杜海斌的“巴别塔之恋”，她把他的微信删除并拉黑了。她想他一定松了一口气，不用再对着一个微信里的“牌位”晨昏定省。

悟空知道湘黔失恋，一直在微信上关心着她，直到上个礼拜他说要来大理。她一开始以为他是说着玩儿的，没想到他真的要来。不过，来就来吧，反正大理城门常打开，又不收门票。但是，她不得不煞有其事地跟他说清楚：他们俩是不可能的，她不喜欢比自己小的男孩子。他笑着说：“我不是去追你的，我是去找一个人的，等我到了再跟你说吧。”

她在八路公交车站接到他。他很高兴，说本来以为大理会很冷，没想到跟清迈的温度差不多。

他一屁股坐到她的床上，熟练地点起她的烟，从垃圾桶里拣出四分之一片橘子皮，把烟灰摁在上面，然后倒头睡了一觉。

醒来以后他跟她说他要找的那个人叫“贺乐”。

“贺乐？是谁啊？干什么的？”

“不知道，小雪说只要到了大理就能找到他。”

她不禁乐了：“是哪路神仙啊？我怎么不知道。小雪又是谁？”

他说小雪是他的朋友，也是他的中文老师，全名叫汤雪。

汤雪？这个名字总算有了点印象，然而她想了半天还是想不起是谁。

“那她找这人干什么？她为什么不自己回来找？”

他摊开手表示无可奉告。

“那就对不起了，我又不认识这人，我也不知道上哪儿找去。”她作势要走开。

他拉住她，用手指头在手机上写了两个歪歪扭扭的中文字给她看。

湘黔一拍大腿，原来是何洛！

何洛，男，七〇后，河南洛阳人，身高一米八三，体型偏瘦，长发，经常穿一身深棕色麻布直筒裙。是的，你没看错，他穿裙子。但是，他虽然穿裙子，却一点也不娘炮，相反，他是大理古城女青年们心中公认的纯爷们儿。

在大理，没有人不认识何洛，区别只在于何洛是否认识他。他待人豪爽热情，交游广阔，以前他穿着麻布裙背着背篓在人民路上走过，就像明星走 T 台一样，路边都是他的朋友和粉丝，跟他打招呼、寒暄、问好、握手的络绎不绝。可以说，何洛就是大理的人际坐标，如果两个人之间互不认识，只消去何洛的关系网中梳理一番，马上会找到共同认识的人。一方面是因为大理太小，另一方面是因为何洛实在太有名了。

何洛最开始出名是因为他的一段异国恋。那是七八年前的事了。那时候他的身份是一个诗人，他用一首情诗让一个乌克兰姑娘对他一见钟情，他们认识二十天就闪婚了。当时央视一个民俗节目正在大理取景，有好事者帮他办了一个不土不洋的婚礼，一并拍进了那个民俗节目，上了电视，就此一炮而红。

湘黔跟何洛算是很早就认识，也在一些乱七八糟的饭局上一起喝过大酒，但是她一向对他不感冒，要追根溯源的话就是因为他的那段异国恋了。何洛当时给他的那个乌克兰老婆（也不知道有没有领结婚证）取了个中文名字叫“胡裳”，一向“女权”的湘黔当即对他倒了胃口。胡者，蛮夷人也；裳，妻子如衣裳。这样公然地物化和贬低自己的老婆，简直是个渣男！

更让她不齿的是，没过多久他就跟乌克兰美女拜拜了，火速搭上了另一个女的。他当初在电视上当着全国人民发的誓就跟放了个屁一样快速地烟消云散，更出格的是那个女的还是个有夫之妇。

据说何洛是在一个读书会上认识郑七月的，还是老一套，他在读书会上骚包地读自己写的诗。诗歌这种东西，只要不在标题里点明是写给谁的，尽可以无限次循环使用，堪称居家旅行表白求婚之必备法宝，也不知道打动七月的跟乌克兰美女当时所听到的是不是同一首诗。

七月不算大美女，但是生了一双好眼睛。湘黔觉得眼睛可以分为两种，有一种是外露的，把整个人的内在都拱着往外送，也不管好的坏的；而七月的眼睛像两口幽幽的深井，把人直往里头拽。她看人的每一个眼神都是请君入瓮，何洛那样的贱骨头跌进去再正常不过了。

湘黔给何洛的差评引起了悟空的抗议，他不满地说："我觉得何先生是一个好人。"

湘黔翻给他一个大白眼："你认识他吗？姐姐我认识他

没有十年也有八年了。他的那些破事儿，我有什么不清楚的。”

悟空那欲言又止的样子引起了她的兴趣，她逮住他的胳膊逼问：“你是不是有什么秘密没有告诉我？小子，快说！那个小雪到底是谁？她为什么要叫你来帮她找何洛？”

悟空很狡猾说：“对不起，小雪的秘密，我不可以说。不过等找到何先生以后，你可以问他啊。”

“哼，就想忽悠我帮你跑腿找人。”

“‘呼——’是什么意思？”他吹了个口哨，一脸真诚地问。

她拍了拍他的脑壳：“就是骗子的意思！”

不过何洛跟七月在一起，真不知道是谁忽悠谁。

七月的老公是个画家，也是个佛教徒，当时在经营着一个国画培训班，他们有个十来岁的女儿。这一桩情变导致画家看破红尘直接去鸡足山落发出家了，七月就顺水推舟跟何洛滚到了一起。他们在人民路通往一中的小巷子口租下一幢三层小楼，开了个小酒吧。

那个时候，谁也不会想到“七月酒吧”后来会成为大理最有名的一个 live house 。

因为何洛的“网红”体质，“七月酒吧”很快火了起来，作家宋唐和民谣歌手萧云凡天天在那儿混，他们的一些明星朋友来了也会去那儿玩，最热闹的时候天天都有知名大咖的表演，惹得众文青们趋之若鹜。甚至可以说，大理汇聚了那么多文艺青年，“七月”功不可没，同时，“七月”也代表着大理歌手的最高殿堂，要在“七月”登台唱过歌才算是在大理歌手界有了一席之位。后来，“七月”就演变成了大理的一个文艺青年据点，同时也变成了一个“是非窝”。

酒吧开到第三年，生意好得如火如荼，何洛眼看就要飞黄腾达，不料后院起了火，宋唐跟七月不知何时勾搭上了。因为三位都是大理名人，当时极其热闹过一阵。虽然奸夫淫妇令人不齿，但是并没有人同情何洛，所谓“‘三’人者，人恒‘三’之”，大家私底下都说“画家先生大仇得报了”。

宋唐虽然是个作家，其实久已不出作品，他现在混的都是电影圈，虽然挂着“著名编剧”的行头，主要靠写高价影评为生，其实就是抱各大知名导演和演员的大腿，不管多烂的电影都能夸得深情款款。另外他也在大理跟一些道上的人合伙做些生意，据说大理最大的地下钱庄的头目黑子跟他拜了把子。这黑子神通广大，只要给钱，什么都能给你弄到。有这样的人护身，宋唐算是在大理黑白通吃，何洛哪里是他的对手。不过，出人意料的是，何洛压根儿就没闹，他很痛快地把酒吧让给了七月，自己净身出户，这个“渣男”被人吃得渣儿都不剩。

那是2013年末，大家都以为何洛肯定在大理混不下去了，谁也没想到他就地扎营，在“七月酒吧”巷子口摆了个摊儿开始卖姜黄豆腐。

姜黄豆腐是七月老家的特产，何洛随手学着一做，竟然做得比原产地的还要好吃，掌心大的一块儿豆腐，一公分厚，卖五块钱一块儿，当时在“七月酒吧”里卖得比酒还好。他从酒吧出来，凭着做豆腐的这门手艺竟然也混得风生水起。

何洛堂而皇之地驻扎在“七月”巷子口，宋唐倒也没对他赶尽杀绝，七月进进出出也一脸淡然，大家就这么面面相觑看到底谁能熬得过谁。常有人把大理称为一个开放式的精神病院，这大概能算是一个经典的“病例”。吃瓜群众一开始还觉得刺激，时间长了双方竟然一直相安无事，大家也就习以为常了。

虽然“七月酒吧”早就不是何洛的了，但是全大理爱玩儿的人都往这儿钻，要打听个什么人什么事儿当然也得往这儿钻。

周六的晚上，湘黔带着悟空去“七月”，以前何洛和七月在的时候，因为不喜欢他们，所以她很少去，这两年她的酒坊跟这里有了业务往来之后才去得多一点儿。才七点半，酒吧里头就已经挤满了，说是当晚有“野娃乐队”的演出。门口有个学生模样的小男孩在验票，湘黔问他：“小井在吗？”还没等那孩子喊起来，店长小井已经从里头出来了，高兴地叫她“湘姐”，她也冲他喊：“我带个朋友来见识一下大理的夜生活。”“好，你自己随便找位子坐哈，去拿酒喝，记我账上。”“好嘞，你先忙着。”

在大理混了十年以上的人，要是来“七月”还要买票那就算白混了。不过，免门票算是小井的人情，酒水不能再白蹭。虽然“七月”还欠了她三万块钱酒账，她还是上吧台自掏腰包买了几瓶黑啤。这是大理式人情。

她带着悟空拐进他们的后厨，顺了一碟子下酒的姜黄豆腐，十分大手笔地往上面撒了很多的辣椒——她最近变得比较重口味。然后另外又抓了一把洗好的圣女果揣在兜里，穿过厨房，沿着一个铁梯子“咚咚咚”地往上爬，一直爬到了屋顶上。屋顶上正中间有一个支出来的小平台，是杂物间的天窗，正好可以当个小茶几用。

她把啤酒和豆腐放在平台上，一屁股坐在了屋顶的瓦片上。这个地方是“七月”的最佳看台，从这里看下去，演出舞台就在眼皮子底下，若是相熟的歌手在这儿演出，会专门冲上面喊一嗓子“上面的朋友你们好”，这时候你就可以居高临下地冲下面卖弄风骚，保管 hold 住全场。这是只有他们这些老 VIP 客户才能享受的待遇。

悟空都看傻了眼，不知道屋顶上还另有乾坤，坐在这儿可以以上帝视角观察院子里的一切动静，还可以看苍山、洱海全景。他兴奋得脸都红了，操起他的相机转着圈猛拍一气。等他拍完了也在瓦片上坐下，下面的演出已经开始了。

湘黔将下面的红男绿女环视了好几圈，只见百分之九十都是游客，没有几个大理老油子。等到演出过半，总算看到一张熟脸，是她的朋友阿东。她掏出一个圣女果，瞄准了扔下去，正中靶心。阿东抬起头来看到她，她打手势叫他上来，他便依言从厨房后面上来了。

“嘿，最近看见何洛了吗？”

“啊？何洛？”阿东挠了挠头，“好像很久没见着了，你找他干吗？”

“没干吗，我们这位国际友人想找他唠唠嗑儿。”

阿东耸耸肩，表示爱莫能助。

“哎，你跟那谁，杜海斌，咋样了？”

“分了。”她头也不回地说。

“难怪，你都多久不去我那儿玩了。”阿东在叶榆路开了一家叫“喵屋”的咖啡馆，湘黔跟杜海斌第一次见面就是在那儿，那是将近两年之前的事儿了。

阿东常说她像个野人，没想到有生之年还能看到她红着脸单独跟一个男的约会，所以那天在旁不时对她挤眉弄眼，还老是假装送饮料送小吃过去挨挨蹭蹭偷听一下他们在谈什么。

店里的小天井被布置成了一个小型影院，每逢周末晚上会放一些经典电影。那次她跟杜海斌在那里一起看了《失乐园》。屏幕投下来的暧昧光影里，她注意到他的脸上有一片湿湿的反光。她的心“咕咚”一声从高处滚落，颤抖不止。一个陌生男人在她面前落了泪，她无端地觉得自己对他有了某种责任。

后来她问他那天为什么好像很不开心，他很难为情地说，他当时以为她跟阿东是一对。“那你就默默地哭啊？”她在心里说，真是个小可怜。

那一次杜海斌在大理待了一个礼拜，她带着他上山下海把大理玩儿了个遍。

去环海的那一天天气很好，他们在海舌歇息，坐在海边的大石头上吃吃喝喝。湘黔要看他给她拍的照片，他正在发图的时候她凑过去看了一眼，顿时心生不悦，原来她在他微信里的备注竟然是“大理豆瓣夜湘黔”。她忍了一会儿，终究没忍住：“你手机里是不是还有什么‘上海微博王美丽’‘保定 QQ 李大脚’？”他连声叫绝，笑得直抚胸口，站起来扬起胳膊把手机扔进了洱海里，拍拍手说：“好了，都没有了，以后只有你一个人了，你可要对我负责啊。”他是江西人，说话总带着口音，会把“肉”说成“漏”，把“人”说成“能”，但是她顾不上去笑他的口音，结结巴巴地正色道：“你……你这样……不太好吧，污染洱海。”他二话不说站起来一边脱上衣一边往海里走。她慌了，上前死死摁住他：“啊，你这个人真是，说什么来什么？”他满脸是笑地看着她：“我高兴。”

她从小便期望自己要比男人更强大，争气久了有时会忘了自己原本的属性。所以，尽管她有很多男性朋友，于恋爱这件事上却是个道地的生手。而杜海斌这个人，她不知道自己是否能吃定他，最重要的，两个人还是异地，他在北京，而她是不会离开大理的。

然而，两天之后，他们还是在下山口附近田野里的那两棵大树下一吻定情了。

那一次他们本来是要去沙溪的，结果因为那两棵美丽的大树，就停在那儿待了一整宿。天气正好不冷不热，把天窗打开，让星光直接洒进车里，再配上一点音乐，车里正好放着几瓶若岚准备拿去送人的酒。他们聊八卦，聊武侠，聊电影，聊一切不实用的事物，荤素都不忌，甚至对着手机把他们过去一年多在微信上说过的每一句话都进行了复盘，同时也说"我爱你""我永远爱你"，一直说到红日东升还舍不得挪动。

阳光从大片的树叶之间泄下，照到车里来，她已经倦极，把头深埋在他胸口，嘴里仍然在嘟嘟囔囔诉个不休。他把薄毯子拉上来一些，遮住她的眼睛，低头亲吻她的额头："那堪一年事，长遣一宵说。先睡一会儿吧，来日方长。"她在他怀里微微咧嘴笑着，"来日方长"这个词儿实在是大有文章，本来还想贫嘴两句，可她实在是太困了，嘴皮子都抬不动了，只能一头睡死过去。

她后来无数次怀念那个夜晚，她心里其实一直是恍惚的，即使后来在一起了也并不觉得已经拥有他。现在回想起来，他早就对她志在必得，而她，就这么傻乎乎地进了这个渣男的套子。

湘黔发现只要一提到杜海斌，她整个人就会发生一种器质性的变化。她一向自认冷硬，从没想到自己有一天与人分割开时会牵出丝儿来。她狠狠地喝了一大口酒，然后用酒瓶捅了捅阿东的胳膊："哎，你给 John 讲一讲你跟何洛的渊源嘛。"

阿东一声惨呼："大姐，求放过！这他妈都多少年的老梗了。"

"有什么关系嘛，又不是什么见不得人的事。"湘黔"咯咯"直笑。

"妈的，老子是被钉在历史的耻辱柱上了吗？这个何洛真的是，沾都沾不得。"

何洛在人民路上摆摊儿卖豆腐的那一年，是人民路地摊儿事业空前繁荣的一年，就像清迈的夜市一样，成了大理古城的一大特色。他虽然从酒吧老板沦落成街头小贩，日子过得却是滋滋润润的。他的豆腐摊儿是整个人民路生意最好的一个摊位，很多街头歌手都想沾沾他的人气，每天抢着在他身边摆摊儿，甚至连流浪狗都最爱围在他的豆腐摊儿旁边转。他人很和气，常用自己的豆腐去旁边的摊子换鸡柳来喂狗。

他对那些小歌手们也都很照顾，每天卖豆腐之余一手拿着小铁铲一手拿瓶酱油在街头给他们伴舞，经常引来拍照和围观，人气极旺。

那一年里他每天起早贪黑，早上六点就去街头占摊位，跟城管斗智斗勇，很快又攒下了一笔钱，盘下了广武路口的一个店面，正经开起了豆腐店。

他将长发用一支木钗束起，每天围着他的粗布直筒裙，裸着上半身，站在店门口煎豆腐，同时太阳也煎他，“嗞嗞”地响，店里溢满人民币味儿的焦香，闻着特别安心。那是当年人民路上最亮丽的一道风景。游客们路过他的店门口，没有不拍照留念的。他又从诗人、酒吧老板摇身一变成了红透半边天的“豆腐西施”，网上所有关于大理的文字都会提到他，所有关于大理的宣传片、纪录片也都会去拍一拍他的豆腐店，而且也开始不断有漂亮妹子围着他转了。

湘黔觉得，要是豆腐店一直开下去的话，很有可能会超越“七月酒吧”成为新的大理文艺地标，何洛也会红过大理州长，谁也没想到这个店会那么短命。

不过开了大半年，豆腐店外墙上突然被人用油漆喷了一个大大的“拆”字。据说是房东要以200万的高价把这幢两层一共 50 平方米的房子卖给一个上海人，上海人打算择日把房子拆了重盖。然而，何洛的租约还有两年半。何洛据理力争，但房东只是冷冷地在他门上贴了张告示，言明退他押金及租金，限他 6 月 15 日前搬走，否则一切后果自负。

何洛怒了，先是在门口挂出一条横幅“抗议无良房东杨 × 娟无故毁约”，又在门口贴出一张大告示，6 月 15 日免费请街坊邻居吃豆腐，同时敬请大家围观他与房东的“决战”。

到了 6 月 15 日那天，所有知道这个事情的“老大理”们都去了豆腐店。那两年里房东违约事件就像恶疾一样四处传播，做生意的店主们人人自危，不知道房东什么时候会把房子收回去。毕竟强龙不压地头蛇，外地人真要遇到这样的事儿，也只有忍了。唯有何洛不同凡响。看到他这么强硬，大家也都振奋不已，纷纷相约前往助阵，像是参加一个 party 一样，有的带酒，有的带乐器，还有的带着水果、卤肉、花生、瓜子，把楼上楼下挤得水泄不通。何洛喜气洋洋地站在门口给大家煎豆腐，他的几个绯闻女友忙着招呼客人，大家又唱又跳，场面热闹得不像话。

那天湘黔也去了，虽然她并不太喜欢何洛这厮，但是她觉得这事儿他干得挺爷们儿，理应去给他助威。她和若岚扛了一大桶自酿的啤酒去，在那儿混了一整个下午和晚上。

也许是见识到了何洛的厉害，原本说要来拆屋的房东那天并没有出现，那个上海人看到这阵势意识到自己原来得罪的是“大理一哥”，也悄悄地撤资了。

没错，那个倒霉的上海人就是阿东。

他那时刚来大理，不太清楚大理的人情世故，以为有钱就能摆平一切，不承想头一战就踢到何洛这块铁板，闹了个灰头土脸。后来他在大理混久了，跟大家也混熟了，湘黔她们经常戏称他为“那个要买何洛豆腐店的上海款爷”，他每次都又气又羞，恨不得要钻地洞。

当时大家纷纷替何洛高兴，以为豆腐店逃过一劫。然而，谁也没想到的是，三个月以后，那个房子还是被拆了。当然，这就跟阿东无关了。当时揣着上百万现金来大理买房炒房的款爷如过江之鲫，人民路的房子，有的是买家。

豆腐店的被拆，何洛的出走，就像树倒猢狲散，那是“老大理”们撤出人民路的开始，也是大理被商业化浪潮吞没的一个标志性事件。如果有人要写人民路变迁史的话，那么“七月”的崛起和豆腐店的倒闭必须得浓墨重彩写一写。何洛这个鸟人，一力承担了人民路这十年的兴衰。

房子被拆后，何洛就凭空消失了，谁也不知道他去哪儿了。有人说新买主给了他一笔可观的违约金，所以他揣着钱四处浪去了。如果真是如此，那未免有点辜负了大伙儿当初支持他维权的心意，很多人都想找他问问清楚到底怎么回事，他却消失得无影无踪。

冬去春来，豆腐店的原址建好了一座新的二层小楼。何洛还是没有出现。后来那个铺面几经易手，现在已经改成了一个服装店，卖一些手工蓝染的衣衫、裙子和披肩。

何洛消失的那一年是人民路变化最大的一年，店铺租金成倍增长，豆腐店的房子重建以后租金从三万一年飙升至十五万一年。很多文艺小店都不堪重负集体搬去床单厂，就连“七月酒吧”都换了主人。七月和宋唐不知何时悄无声息地分了手，七月带着女儿离开了大理。

湘黔记得那是 2016 年 8 月的一天，大理发生了一场 5.2 级的地震，震中在洱源，然而这地震的影响远不及何洛的出现带给大家的震动。他坐在一辆电动轮椅上，像个幽灵一样面无表情地从人民路上驶过，陪在他身边的只有一只叫大白的流浪狗，是他以前摆摊时常喂的一只。当时看到他的人都吓了一大跳，他整个人瘦得脱了相，门牙也掉光了，面如死灰，如同一个活死人。

没有人知道这中间到底发生了什么，他也一改往日的笑脸，路上见了任何人都不再搭理。再后来，轮椅不见了，而狗变成了两条，继而变成三条，四条。他把四条狗用绳子串在一起，领着它们浩浩荡荡地从人民路上开过，行人唯恐避之不及。

这时候的人民路已经不让随便摆摊了，他便带着狗子们随便在街上找个角落席地坐下睡大觉，旁边放着他随身的背包。有人会往包里塞点零钱或者吃的，他也从不拒绝。

大理盛产失败者，而何洛又是失败者当中的“佼佼者”，从一个著名诗人到酒吧老板，再到“豆腐西施”，最后沦落到流浪街头，可以说，他在“失败”这个领域里获得了空前的成功。他以这种前所未有的“成功”造型再度红遍大理。

红归红，何洛沦落到当街要饭的地步还是让人于心不忍，“老大理”们纷纷伸出援手想要帮他重新自立，有的想给他提供住处，有的想帮他找工作，还有的找关系去古管局帮他办摆摊许可证，让他重新卖豆腐。可是他就像是得了疯病一样，不跟任何人说话，只是领着几只狗在街上流浪。大家纷纷碰壁，后来也就作罢了。

没有人知道他住哪里，也没有人知道他为什么变成这样。他身边那些狗的数量变化不定，多的时候有五六条，少的时候只有一两条，据说他冬天就多捡两条狗，跟它们一起睡好取暖，等天气转暖了就杀掉几只吃肉。还有的说他已经得了绝症，活不了多久了，可是他却一直好端端地流浪着。再后来，大家也就不再揣测了，甚至已经忘记了他以前那些轰轰烈烈的八卦和绯闻，好像大理就应该有这么酷的一个流浪汉，而这个人是何洛好像也特别合乎逻辑，反正他总是那么特立独行。

然而，谁也不知道这次他为什么突然又消失了。平时没见到他也没有谁会去刻意找他，可是一说起来他不见了，大家都觉得若有所失，好像大理被拔掉了一颗牙齿，缺的那一小块儿叫人十分不自在。

大家纷纷回忆起最后一次见他的情景，最后汇总起来他最后一次出现就是去年十月发着高烧睡在街头那次，当时还是湘黔把他送进医院急救的。

那天晚上湘黔独自从酒坊回住处去，心情很差。心情差的原因很俗套——因为跟杜海斌吵架。至于吵架的原因，那就更加俗套了，是因为他在睡梦中突然喊了另一个女人的名字。

侠女湘黔眼里哪容得下这样的沙子，连夜严刑拷问，终于问出来是他前女友。接着她还要看她的照片，他当然抵死不从，她熬鹰似的熬了他好几天，最后自食其力从他以前的一个社交账号里挖地三尺找出一张照片来。照片上的女子清丽脱俗，面容温婉，像电视抽油烟机广告里的主妇，齐肩的亮丽乌发又给她平添几分干练。湘黔看了一眼就反应过来，这不就是个年轻版的“黑木瞳”吗？随之也就明白了他为何那么喜欢《失乐园》，而且还看到流泪。她跟他大吵一架，马上买机票回了大理，并且把他拉黑了。

回到大理，她就喝了一整天酒，从酒坊回去的时候已经月上中天了。

当时她手里还拎着两罐啤酒，一边走一边晃荡着。冷不防路边有只狗突然跳起来冲她吼了一嗓子，她吓了一跳，再看旁边还有另外一只狗，还有一堆不知谁扔的垃圾。走近了一看分明是个人。

何洛？还没回家呢？她已经有七分醉了，干脆一屁股坐在他旁边，倚在消防栓上继续喝起了酒，又把另一罐酒扔到何洛怀里。何洛慢慢地爬起来，费劲地把那罐啤酒打开，默默地喝了起来。

湘黔自言自语地在那儿嘀咕了半天，他一声不吭。她喝着喝着就犯起了困，想要爬起来回家去睡觉但是手脚却已经酥软，她伸手拍拍身后的何洛“喂，扶我一把”，他不吭声，也不动弹。她翻过身去看他，只见他一动不动地躺在地上，头枕着他的大包，眼睛闭着，啤酒罐子还拿在手里。路灯下看不清脸色，她伸手摸了摸他胳膊，再碰了碰他的脸，然后马上一骨碌爬起来，跑到最近的一个熟人家里，要了一床被子把他裹起来，又打电话叫了两个男丁过来，把他抬去了第二人民医院急诊室。

那天何洛已经烧到三十九度八，在医院里躺足了两天才起来。湘黔记得自己还给他垫了八百块钱医疗费，这小子连句“谢谢”都没说就走了，这么久了也不知道人死哪儿去了。现在想来，该不会是那次没治好，回去以后不知死在哪旮旯了吧？要真是这么算的话，那他该烂了臭了好久了。

湘黔说：“要不算了吧，干吗非得找到他？有什么事你跟我说说呗，看我能不能帮你解决。”

悟空大摇其头：“不行不行，一定要找到他。人命关天，请一定要帮忙。”

她不禁笑了："你个小老外，'人命关天'什么意思你知道吗？"

他有些羞涩地说："就是很重要的意思吧？小雪教我这样说的，'人命关天，请一定要帮忙'。"说着开始作揖。

她只好陪着他继续四处打听，可骑着车子沿着古城周边转了好多天也没有看到何洛。

悟空来大理的第十天，他们在街上看到了宋唐，他跟他的流氓兄弟黑子从一家菌子火锅店出来，已经喝得东倒西歪。

湘黔顾不得那么多，跑上去拦住他问："宋先生，你最近有看到何洛吗？"

宋唐斜着眼睛反问："谁？何洛？"说完跟黑子相视一笑，"还有人找何洛？"

她赔着笑脸扯了个谎："是这样的，我的朋友 John 在做一项关于大理的研究，想要采访一下他。"说着把悟空推上前，给他介绍："这位宋唐先生是我们中国十分有名的作家，他也满肚子的大理故事呢，你要不要也采访一下？"

一向彬彬有礼的悟空这回却硬气起来，连声招呼也不肯跟宋唐打，好在宋唐已经喝醉了，只当是悟空中文不灵光，也不跟他计较，只打了个恶臭的饱嗝出来，说："别找我，去找何洛吧，嘿嘿，他要是还活着的话……”

要不是黑子那流氓在旁边，湘黔肯定要上去捶他一顿，何洛虽然不大招人喜欢，但是好歹简单直爽，宋唐这样虚伪做作、脑满肠肥的人竟然有那么多拥趸真是不可思议。

“真想打他一顿！”湘黔看着他那肥螃蟹似的背影恨恨地说。

“我也是。”悟空撇撇嘴说。

“走吧，咱们也喝酒去。”

他们回到酒坊，胡乱地躺在院子里的木榻上。院子一角的滴水观音不过才两年，却已经长到像一把大伞一样遮了半个院子，若岚便顺势在这儿摆了一张木榻，像这样初夏的夜里躺在上面看星星、聊八卦，再一边喝着酒，可以说是神仙日子了。

湘黔跟杜海斌最快乐的时光也是在这榻上消磨过的。可是，人生啊，很多时候人间极乐之后紧随着的就是乐极生悲，当时多快乐，后来的反作用力也就越大。湘黔想到已经快一个月不曾跟他联系过了，难过得肝肠寸断。可是难过归难过，感情坏死了，哪怕再舍不得那也得分。

“黑木瞳”就像房间里的那头粉红大象，你根本无法假装她不存在。这一点杜海斌也是承认的。毕竟，她是他的初恋。

他觉得自己的人生大概是太顺了，除了在她这儿，他没有经历过什么重大的挫折。她比他大八岁，她有点胜之不武。后来他曾经谈过很多段恋爱，一直想把这口气给争回来，可是一直都没成功，女孩子们都太容易爱人了，又总是离不开人。湘黔个性中的英气倒是让他有了一种青梅竹马的感觉，得以从以前的恋爱范式中脱身出来。他想，他也许可以在她这里重修一下这门功课。但是，“黑木瞳”又给他布置了一道加试题。

他没有想到她要将爱恨情仇、生离死别全都倾囊相授，她做了他的课业老师还不够，还要当他的人生导师。

他十分诚实地把“黑木瞳”向他求助的事情告诉了湘黔，她罹患子宫癌，且同时在跟丈夫打离婚官司。出于 “侠女”义气，湘黔闷闷不乐地表示了理解，但是他知道她心里是不爽的。

“黑木瞳”变成了他们的晴雨表，她的病时好时坏，他们的关系也时冷时热。

再后来，他们几乎每次说到她都会吵一架。

湘黔一向直肠直肚，即使是谈恋爱，也不怎么会跟男朋友发嗲作妖，可是自从“黑木瞳”的名字出现之后，她就感觉自己变成了一个十足的“作女”。虽然她未见其人也未闻其声，却没来由地觉得如临大敌。女人的直觉让她知道“黑木瞳”并不仅仅是个“前女友”而已。

有一次湘黔去北京看他，问了一下“黑木瞳”的病情，随口问了一句“她多大啊”，他以一种十分护卫的神情拒绝回答，她便也较起劲来。湘黔连她照片都看过了，其实大致也能猜到她的年纪，问这一声也没有什么特别的意思。他的抗拒激起了湘黔的气性来。整整三天，因为他拒绝回答这个问题，她便跟他闹了三天的别扭，可是想想又觉得太荒谬了，两个异地恋的人不抓紧宝贵时间疯狂做爱，却因为这样狗屁倒灶的事情分床而睡。

可是，心里这口气又无论如何咽不下去，前任的年龄为什么不可以问？真想找个人来评评理。这种问题她又不好意思拿去问别人，发给网上的树洞账号也是远水救不了近火，她急中生智想到一个点子，在微信上发了一个漂流瓶出去：“前任的年龄算秘密吗？”不一会儿，信息纷至沓来：

不算。

当然不算。

不算吧，长度才算。

……

她把手机拿给杜海斌看，他终于被她打败了，又好气又好笑地把她抱过去用力吻她。她狠命推开他，目光灼灼地盯着他，不说话。他只好垂头丧气地交出了答案。

湘黔赢了，只顾着高兴，并没有想太多，而杜海斌却已经败了兴。走的时候他送她去机场，她觉得他的灵魂都不见了。女人的直觉真是可怕。下飞机后，她给他发信息，他果然没回。直到第二天晚上他才告诉她说“黑木瞳”做手术，他去医院陪护了。

湘黔简直不知道该说他什么好，为了陪前女友做手术所以一天一夜不回她的信息？就算她不怪他去陪前女友做手术，可是为什么不能事先告诉她？再说了，回复一条信息需要占用他多长时间？她三下五除二直接就把他给拉黑了，微信、微博、手机号通通拉黑了。

“小雪是不是你女朋友？”湘黔问。

悟空羞涩地摇了摇头。

“你喜欢她？”

他没有否认。

“她长得什么样子，是不是很漂亮？”

他倒也还算爽快，从手机上找出了一张合影来给她看，是个蛮漂亮的小姑娘，一口牙齿又白又整齐，面貌似曾相识，想来曾经在大理照过面。

“如果她喜欢的是别人，那你怎么办？”

“那我们就做朋友啊。”

好吧，果然是年轻人。湘黔想，她跟杜海斌是无法做朋友的，真爱过的人怎么可能再做朋友呢？

正在遐想着，电话响了，是阿东帮忙问到了何洛的消息，据说有人在太和村的一个老中医家里见过一个人，很像他。

湘黔跟悟空第二天一早就赶到了太和村，找到老中医家里问了问情况，说是确实有这么一个人，经常帮圣应峰上清水寺的老和尚背些草药下来卖，再背一些米面油盐上去。但是这个人好像是个哑巴，几乎从来都不说话，所以他叫什么名字是何方人士那就不得而知了。

湘黔心里已经有数了，向老中医道了谢拉着悟空出来，在村里的小卖部买了些水和吃的，再找了部车坐到感通索道，开始徒步往山上爬。清水寺她几年前曾经去过一次，山高林密，爬上去要好几个小时，必须得抓紧时间。

虽然两个人体力都很好，但是因为路不太熟，爬到清水寺的时候还是已经午后三四点了。

清水寺建在海拔3200米的一处悬崖边上，平时罕有人迹，寺里只有一个年迈的老和尚住着，很少下山。何洛这厮可真会选地方，湘黔想。

他们手脚并用爬上清水寺前面的大陡坡，一屁股坐在门前树下大喘气，老和尚慈悲，忙端了茶水出来给他们。湘黔来不及喝茶，便扯住老人家的袖子问："何洛在这儿吗？"老和尚听了淡然一笑，摇了摇头，仍旧回寺里去了。

清水寺只有一个小院子，中间是和尚做功课的大殿，左右各一间平房用来生活起居。寺中清静，除了阵阵风声与松涛便不再有任何声响。她不死心，把每个角落都转了一圈，硬是没有看到何洛的半点踪迹。老和尚笑吟吟地看着她，也不以为忤。

她又到厨房去看了看，回来坐在老和尚身边，笑吟吟地问他："平时谁帮您背米上来啊？谁帮您砍柴啊？"他笑着用本地话答："你说哪样我听不懂，听不懂。"

哼，我爬得这么辛苦，想叫我白跑一趟，没门！她果断从厨房的后门穿出去，走到后面的菜地里，仔细一观察，果然发现了草地上有一条被踏出来的小路。

她拉着悟空沿着那条小路往后面奔去，穿过一小片松树林，突然听到一阵狗叫，再看那长草尽头靠近山石的草丛正在大动，等跑过去一看却又没看到什么东西，别说人影了，狗都没有看见。

"在那里！"悟空往头上一指。她随之一望，好家伙，一根粗大的松树枝椏与巨石相交之处有一个巨大的鸟窝，不对，是一间树屋，狗吠正从那儿传出来。

"何洛，是你吗？你个渣男，快给老子滚出来！"她不敢直接爬上去，怕被狗咬。

狗吠不停，却不闻人声。

"何洛，你个缩头乌龟，是不是想欠钱不还啊？我上次帮你垫了八百块钱医药费你还没还我呢。"她故意激他。

树上还是没有动静。

悟空也急了，隔空喊道："何洛，你快出来，人命关天！"

湘黔"扑哧"一笑，这小子真是可爱，以为"人命关天"

对谁都好使呢，何洛要是能上你这个当那他就是个傻子。

他又喊：“何洛，人命关天，七月在找你，快出来。”

湘黔目瞪口呆地看着他，这小子，蒙了她这么久，原来是在为郑七月跑腿，然后猛然想起那个叫汤雪的小姑娘活脱脱就是一个小七月呀！

何洛果然是何洛，“七月”一出，谁与争锋，悟空的话音才落，他已经站在“树屋”的门口了。

他剃了个光头，身上穿着宽大的黄色僧袍，衣袂飘飘，表情宁定。

“何洛，你也当和尚啦？真没劲。”湘黔说。

何洛不理她，向着悟空问：“七月怎么了？”然后权衡了一会儿，指着悟空说“你上来”，言下之意便是湘黔就不必上去了。

湘黔气得七窍生烟，指着树上骂：“何洛你个没良心的渣男，你忘了我的救命之恩啦？当初要不是我把你送到医院里，你早就挂了。老子找你找得这么辛苦，你就这样对老子，你还要不要脸……”

悟空已经爬到树上，何洛对湘黔的骂声毫不在意，两个人钻进那树屋里不见了人影。

在大理开店的多是外地人，住久了，就不是游客，却也不是归人。这本书里写的故事，都发生在这样的外地人之间。

何洛还是没有出现。后来那个铺面几经易手，现在已经改成了一个服装店，卖一些手工蓝染的衣衫、裙子和披肩。（《渣男启示录》）

等一份食物，等一个人，等一次彻头彻尾的燃烧，等一种见心见性的交付，就像《心火》里的子玉等小店里的那份饭。

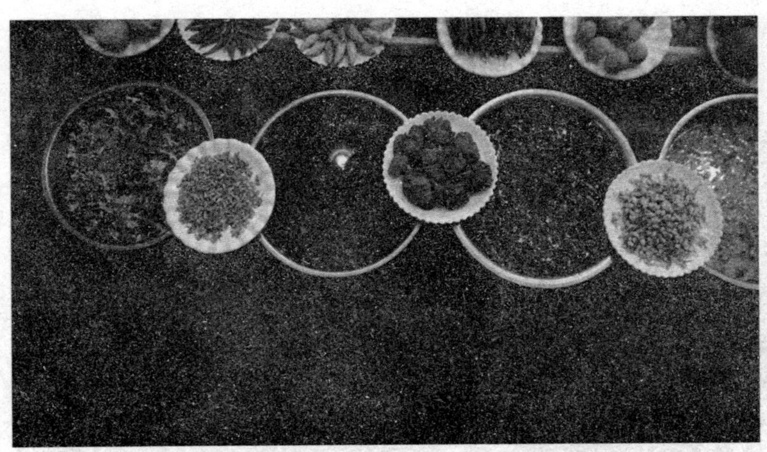

上关花，下关风，苍山雪，洱海月。在大理，花不止用来看，还用来吃，同时，也成为生活的背景，故事的底色。

大理最大的变化，就是它变得越来越吵了。整个大理镇像一块面团，每一个细胞都在发酵、膨胀，每个人出一份力，把这小镇的每一个角落都给揉遍了、揉通了。

手串，饰物……真真假假，假假真真，游人们买的是纪念品，是当时的心情，更是居客的生计。而《情僧》里的常宝玉，正是因为一颗蜜蜡，看清了许多原本没看清的东西。

《高大壮的狗镇往事》的主角，是一只名叫“高大壮”的狗。它说：“人与人之间喜欢虚与委蛇，我们狗可不会。”是真的吗？

月亮像一颗圆圆的冰糖嵌在深蓝的天幕中，还长了一圈毛边儿，好像甜得化开了。（《桃花酿》）

他从边上揪下一根车轴草，快速地编成了一个戒指，她拿在手里玩了一会儿，觉得这玩意儿比大学时代的初恋还要更古早。（《桃花酿》）图里的植物，就是车轴草。

尽管大理这么小，她搬走以后他们却足足有半年都没有再遇见过。她再回想当初那些巧合，突然想在那些所谓的巧合之外，他们一定已经有过成百上千次错过。错过，永远会比巧遇要多。他们，本还是无缘人。（《桃花酿》）

在逐渐热闹起来的大理，大多数狗都像《高大壮的狗镇往事》里的主角们一样，过着衣食无忧的生活。可以说，大理是狗狗的天堂。

《桃花酿》这个故事里，男主角开的“露宿人间”白天经营简餐，晚上便会变身小酒馆，有歌手弹唱，生意还不错。

大理这个小镇，因为这些来来去去的人而“流水不腐”。人与人之间都只是匆匆的一个交会，君子各自奔前程。

湘黔在地上蹦了几下，实在看不到上面的动静，扭头走到边上的一块大石头上坐下，把悟空包里的面包和饼干拿出来狼吞虎咽，她最近饭量激增，中午没吃饭还爬了几个小时的山，可把她给饿惨了。

她一边把东西胡乱往嘴里塞一边翻着白眼，当了和尚又怎么样，还不是六根未净、红尘未断，一听到七月的名字就现了原形。男人呐，总是难过美人关，不是这个女人，就是那个女人。杜海斌也是这样，只可惜，他的“关”不是湘黔，而是“黑木瞳”。

想到这里，她不由得一阵伤感。

他们最后一次见面的时候，她问他：“你一直都没有忘记过她，对吧？”

杜海斌嘴里叼着烟，怔怔地，不说话。她把烟拿下来扔掉。

“你当时为什么不跟她结婚？”

“她已经结婚了。”他另外点了一根烟。她是他的大学老师，他从一开始就爱得毫无希望，大概也正因为如此，所以才一直难以忘怀吧。不过，那么累的爱他是再也不想经历了。

她早该想到的，“黑木瞳”比他大那么多。

“那现在呢？”

“我已经有你了！夜湘黔，你这个傻子，我现在爱的是你。”

她用力摇了摇头，表示不相信：“杜海斌，我们分手吧。”

杜海斌也摇头：“我不同意。我知道我现在说什么都没有用，我只想请求你给我一些时间，半年好不好？最多半年，不管她到时候是什么情况，我都会撒手，到时候你要我做什么都可以。不，到时候我们就结婚，我来大理，或者你去北京，再也不要这样互相折磨了。”

“你以为感情是什么？放进冰箱里冻上半年，到时再拿出来化开接着用？杜海斌，如果你真的爱我，那么请你立刻离开北京来大理，不要再演什么‘双城记’。”

“给我时间。就算是离开北京，我也需要时间啊。”

“算了，其实你根本不用那么为难，从现在起你已经自由了，你可以去做任何你想做的事情。”她转身走开，背上像绑了块夹板似的挺得笔直。

他追上她，一把抓住她的胳膊：“我们换个地方说话。”

她不语，他夺过她手里的钥匙，把她拉到车边，上了驾驶座，发动了车子。她站在车边想了一会儿，拉开后座坐了上去，倒要看他还想怎样挣扎。

他把车子开上了214国道，然后拐上了去邓川的小路，她心里一痛，知道他要带她去哪里了。

他开得很快，不过半个小时便开到了那块田野之中的大树下。车子熄了火，夜已深浓，风有点大，只听得树叶在风中“哗哗”作响。

他点了一根烟，慢慢地对她说：“我不能骗你，我确实爱过她，并且那些爱并没有消失，而是被我锁在了心里某一个地方。它并不影响我对你的爱，我在这棵树下对你说过的每一句话每个字都是真心的。但是我无法完全忽略她的存在，尤其是在这样一个时候……”

她忍不住打断他：“所以，你的心是一个三居室，给我一个主卧？”

他们初认识的时候，他十分欣赏她言谈之间的美妙机锋，这时被怼到哑口无言，也只能暗叫一声“惭愧”。

他曾经对她说过：“我觉得自己很变态，你猜我最喜欢中国哪个古人？元稹，那个写《莺莺传》又写‘曾经沧海难为水，除却巫山不是云’的元稹，世人都说他花心，可是他其实是个情深之人，人一辈子那么长，爱过一个人难道就不能再爱另一个了吗？”

后来他们没有再探讨过这个话题，直到他们之间生出罅隙，她才再度想起。所谓渣男都是如此吧，无情但不绝情，又坏又温柔。无情让他们立于不败之地，不绝情又让人心怀遐想舍不得放手。

他原来早就跟她发过“免责声明”。她想，不分手难道留着过年吗？

“我刚生下来就被送到贵州的外婆家，直到上学的时候才回到父母身边。因为怕开除公职，所以家里只能有一个孩子。我回去以后只能管父母叫姨爹、姨妈，只有弟弟才能管他们叫爸、妈。七岁的时候我就已经明白，我活在这世界上必须要时时为别人让路。我讨厌这样，杜海斌。”她一边说话一边抠着牛仔裤上的小洞，声音很低。

“一直到十八岁考上大学离开家，我才终于可以拿自己当个人看。但是，那么多年‘低人一等’的生活已经让我落下了严重的病根，我讨厌被选择，因为，只要被摆上天平我一定会是被放弃的那一个，从小到大都是。我对自己说，永远不要再被别人去选择，要自己去选择别人。所以，我选择分手。”过了一会儿，她又咬牙恨恨地补充了一句，“这样，你就不用做选择了。”

他拉开车门，把她抱在怀里，说“对不起”。她不为所动。

他伸手抚摸她的脸，她自端坐如钟。他吻她，她闭上眼睛不理。他耐心极好，不厌其烦地吻她，珍而重之地吻她，仿佛要固执地从她嘴里将那颗已经沉落的心打捞上来。她的鼻子一酸，睁眼看到他近在咫尺的眉眼，眼泪“唰”地掉下来。她还是第一次在男人面前哭，她想，她是真爱他的。

他一心一意地吻她，吮干她脸上的眼泪，又沿着眼泪去吮她的脖子和耳朵。她终于全面投降，绝望地抱紧他的脖颈，像一只困兽抱紧它的同类。

天窗开着，满天星河倒灌进车里，他们快要溺毙了，只能拼尽气力吸住对方嘴里那一口阳气，又怕在河里失散，恨不得跟对方嵌得紧一些，更紧一些。她听到耳朵里隆隆的风声像火车驰过，她希望它能将她带走，起码将她带离此地，然而，它只是经过她的身体。她看到车窗里自己绝望的倒影，张着嘴无声地哭喊，不要离开！不要离开！

她想，他们都不是完人，然而，她并不准备谅解他，也不谅解自己。

第二天他很早就起来，洗漱完毕，坐在她身边，问她：“醒了吗？”

她一夜没睡，感觉心里的大河有去无回地淌了一夜，终于淌干了，涓滴不剩。她忍着心尖的刺痛，闭着眼睛缓缓道："'风露晓凄凄，月下西墙西。行人帐中起，思妇枕前啼。'元稹这个人真的心很细，用情也深，不过，那也不妨碍他是个渣男。"

他苦笑着摇了摇头，俯下身吻她，吻毕提着行李去赶飞机了。

杜海斌，我们不会再见了。她在心里对着他的背影说。这一次，她干脆换了电话号码，也告诉了身边所有的朋友，不允许再帮他传话，也不要透露半点她的消息。

他果然没有再找她。

"湘黔。"何洛不知何时已经从树上下来，双手合十站在她身边叫她。她不得不从石头上爬起来，也慌慌张张合掌给他回了个礼。她看到他头上没有烧戒，心里松了一口气，看来以后还是可以一起喝酒吃肉的。

"谢谢你上次送我去医院，也谢谢你这么辛苦把七月的消息带给我。我上次在医院里认识了住在隔壁病床的妙清师父，他很慈悲，带我去中医馆治好了腿，我发愿要供养他老人家的晚年，所以就跟他上了山，一直没有机会向你当面道谢。"他十分郑重地对她躬身，搞得她很不好意思，连忙对他说："不用啦，还有我刚才说欠钱什么的你也千万别当真，我只是为了激你出来，朋友之间这点小事千万不要放在心上。"

他笑了笑："我知道。"又看了看悟空说："John 觉得我应该把所有事情都告诉你，我也觉得应该跟你说清楚。七月那边情况比较急，我想马上起程，我们边走边说吧。"

"七月怎么了？"

"她在那边出了车祸，一年多了还没好，可能……不会好了。"

虽然才下午四点多钟，但是太阳已经渐渐没入苍山西面。何洛把狗放了下来，三个人回到寺里跟老和尚道了别，匆匆往山下赶。

山路难行，为了赶在天黑透之前下山，三个人走得飞快，虽然温度骤降，湘黔还是走出一身汗来。何洛爬惯了山，行走如飞，边走边讲他跟七月的往事，竟然气定神闲。

当时何洛把豆腐店的房子交回给房东确实是因为拿了一笔可观的违约金，不过那钱是用来给汤雪治病的。汤雪那年得了重病，掏空了七月的积蓄，宋唐见死不救，十分迅速地跟七月分了手。七月只好向何洛求助，两个人一度暗度陈仓旧情重燃。

豆腐店的钱也不经用，何洛没有办法，就去找黑子借高利贷，借了还不上，被黑子逼着上密支那去运毒。因为汽车查得严，他就骑摩托车去，在怒江摔掉了三颗大门牙，好不容易躲过重重检查，却过不了自己心里那关，把一包冰毒丢进了怒江，空手回了大理。黑子这人也是没得说，十分痛快地打断了何洛的两条腿，还说要他的狗命。七月一向最会打算盘，怕受牵连，悄悄把酒吧转了出去，带着女儿逃离了大理。后来那笔钱是何洛的哥哥卖了老家的祖屋帮他还的。何洛人财两空，心灰意冷，就这样变成街头的流浪汉了。

湘黔心中感慨万千。爱情就像一种“信仰”，每个人都在默默守着心里的那尊神像，期待从那里获得平静与幸福的力量，跪拜叩首，低贱到尘埃里，得之有幸，不得，亦不悔。不管那尊神像在别人看来如何丑陋或不值，它都能让心如死灰的人瞬间恢复神采，让最理智的人甘于“下贱”，哪怕是在爱里吃过无数苦头的人，仍然会在它“显灵”的那一刻重新恢复“信仰”。

何洛腿上绑着布条，走起路来极伶俐，踏步轻快，毫不费力，显然已经痊愈。他的眉头紧锁，脸上却又带着平静的笑意，整个人好像又回到了当年在古城里四处流窜逮着人就念诗的时代，或者更早。

湘黔想说“何洛，你真傻”，又想说“何洛，你像个菩萨”。只有菩萨才会这样永远不休不倦、无限包容地去爱一个人吧。同时也不可避免地想起为“黑木瞳”劳碌奔波的那个男人，心中暗自苦笑。她有点想哭，但是也为他高兴。

清迈的好处跟大理一样，不在皮相在其骨，要住久了才能体会到。由于地处热带，整个小城节奏比大理还要慢，住在这儿很容易就忘了“压力”为何物。比起大理节节攀高的消费，此地的物价简直便宜到令人发指，大理街头十块钱一杯的鲜榨果汁，这里只要三块五块，化妆品和名牌内衣也只要国内一半甚至三分之一的价格。至于饮食方面，住久了也能慢慢习惯，甚至不知不觉就爱上了，发清的鸡肉饭，帕辛寺附近的烤鸡，杧果糯米饭，还有冬阴功汤，都常吃不厌。还有湘黔最喜欢的令人销魂的“马沙鸡”。不过很多东西湘黔已经无法享受了，她的肚子已经很大了。

七月在何洛到达清迈不久后去世，汤雪跟何洛回了中国，准备好好复习一年考大学，John 也辞了工作跟去了中国。七月在泰国买下的一幢房子租给了湘黔和若岚做民宿，房租正好用以支付汤雪的生活费和学费。湘黔在清迈盯了三个多月，房子的改建和装修已近尾声，接下来换若岚在这边准备开业事宜，湘黔回大理去。她近期长了一些湿疹，又不敢乱用药，只得寄希望于回到大理的清凉天气里可以好转。

若岚还没过来，湘黔已经开始收拾行李。这几个月里光是在周末夜市上买的小玩意儿就有一大箱子，还有一大堆裙子、帽子、凉鞋，再加上相机、电脑等电子产品，行李有点过重。有一本《元白诗笺证稿》是她从大理带过来的，是她的催眠利器，平时放在枕头边，翻得都磨了边。她想了会儿要不要带走，随手翻了翻书页，掉出一张纸来，是她刚来清迈的时候写给杜海斌的信，转眼离他们最后一次见面已经过去了半年。

杜海斌，我食言了，我又给你写信了。不过，这是一封你收不到的信。

我不知道肚子里的是个男孩还是女孩，其实一开始的时候我的心里有一点害怕生女孩，怕她会重复我的人生。哦，当然啦，也是怕她长得像你。要是像你那个大脑门，还有那么奇怪的眉型，就是个男孩也怪丑的。直到后来我偷偷在你的微博上发现了你姐姐的微博，在她那里看到了你侄女的照片，那孩子长得跟你可真像啊，还好，女版的你并不像我想象得那么丑。所以我就放心啦。

我有想过孩子长大以后问我的时候，我要怎么跟她 / 他说起你。也想过，以后要不要让她 / 他跟你相认，当你见到她 / 他时又会是怎样的神情。我突然理解纪晓芙生下杨不悔时的心情，你如果见到她 / 他，那么你应当马上就能够明白……

她看着看着觉得身上起了鸡皮疙瘩，抬手就撕掉了。人总是会成长的，有时候昨天说过的话今天来看就觉得幼稚了，何况是几个月前的。这孩子是她自己的，跟那个渣男没有半毛钱关系。

阿东给她打过电话，希望能当这孩子的父亲，被她拒绝了。托赖繁荣昌盛的旅游业，大理酒坊的生意一直挺稳定，再加上清迈这个民宿，她自信能对这个孩子负起责任来，唯一的忧虑不过是体力上的巨耗。她站了一会儿就累了，扶着腰缓缓靠着床头坐下，想睡一会儿。

这是一个过于晴朗的午后，正是“天地为炉兮万物为铜”的时候，天上一片白晃晃的，像在下刀子。一丝风也没有，窗外一棵杧果树屏声静气默默站着。远远地有人站在大门前往里张望，然后拎着行李箱推开栅栏门走了进来，一边走一边问：“有人吗？”她扭过头看向窗外。

他走到杧果树下，站住了往楼上看。

她静静地笑了很久，但她自己并没有察觉，只是没好气地学着他的江西口音回答：“没有‘能’。”

去你大爷的大理

很多一个一个来大理的，
后来都一对儿一对儿走了。
一对儿一对儿来的，
后来都一个一个走了。

行李箱的轮子一圈一圈滚过水泥地，“轰隆隆”的声音像一条拉链破开了一个新的早晨，也势如破竹地碾醒了马自豪的美梦。紧接着，各种声音从这破口奔涌而入，开门、关门的声音，上、下水的声音，电瓶车驶过的嗡鸣，小孩哭声，狗叫声……

这里是大理。

每天清晨有两列火车到达大理，如果它们准点到达的话，时间分别是清晨 4 点 24 分和 4 点 43 分，当游客们下了火车走到外面的广场坐上车子，在睡眼惺忪中晃到古城时正好是快六点钟的样子。

与此同时，客栈老板们要起床准备接待这最早一批入住的客人，并且送走要退房离开的客人们。

几乎每一个早晨都是如此。

这是马自豪独自看客栈的第七天，他已经有点吃不消了。

王大雪跟他闹离婚，一个礼拜前带着儿子回韶关娘家了，他被迫一个人看着客栈。其实他也想过撂挑子走人，大不了客栈关门大吉，可是王大雪把银行卡和家里所有现金都卷走了，他就算要撂挑子也得先给自己挣出生活费来。另外他也是有点不服气，王大雪无非就是故意将他的军，赌定他搞不定客栈，迟早要开口求她。他偏不！

“雪大王”客栈已经营业了六年，马自豪这个客栈掌柜平时基本只负责接送客人，陪客人们唠嗑，其余所有的大小事情包括儿子都是王大雪在管——实打实的一个“甩手掌柜”。直到这回他才领教了开客栈的艰辛。

首先，早上六点钟起来不单是办理入住和退房，还要给客人做早餐。这是比早起更让他痛苦的事情。虽然网站上写明了是赠送市值 15 元每人的早餐，可是客人却是按“舌尖上的云南”来要求的。他一个人两只手实在照顾不过来，再加上心情不好，已经跟好几拨客人“擦枪走火”了。

“老板，白粥不好喝，想吃馄饨。”

“不好意思，馄饨没有了，要不给您来碗米线吧。”

“你们网站上写了有馄饨的呀。”

“是有馄饨呀，你自己起晚了怪谁呢？”

……

“老板给我放点辣椒吧。”

“那边桌上有，自己放吧。”

“哎呀妈呀，辣椒怎么这么辣，老板你咋不提醒一声呢？”

“不辣怎么能叫辣椒呢？这还要提醒？”

……

“老板这咸鸭蛋我只吃蛋黄可以吗？”

“那这蛋白我给谁吃？”

“你自己吃嘛。”

“我一天吃十个咸蛋白？把自己腌成腊肉？”

……

还有逛街到下午两点还来问有没有免费早餐的。回说“您不至于到个云南就有时差吧，这个点儿吃早餐？”“没有就没有嘛，老板你这人太不随和了。”

再后来，他已经耐心全无了。

“老板给炒个花生米呗！”

“没有。”

“老板我吃惯西式早餐的，有没有面包芝士？”

“没有。”

马自豪是个高个子，卷发，发量在这个年纪来说还算可以，眼睛大而突出，嘴唇丰厚，肚子也大而突出，整个人的剪影显得有些卡通，但是一粗声粗气起来还是有点震慑力的。

这样几天下来，客栈的差评新增了好多个，但是老马已经顾不上了。

每天做早餐、收盘子、洗碗就要忙到十点多了，还得一边干活一边随机回答各种问题。哪儿有好吃的啊，哪儿有好玩的啊，哪儿有便宜特产啊，还有猥琐中年男压低嗓子问哪儿能艳遇。

整个上午时不时会有客人过来退房，要去房间看有没有少了什么、坏了什么、客人有没有落下什么，再收钥匙退押金。清洁阿姨打扫完卫生要再去检查一下，看看床单、毛巾叠得是否整齐，茶杯、烟灰缸有没有洗干净，纸巾、茶叶、避孕套有没有补齐，拖鞋、衣架、电吹风是否归位……要是同时来两三个退房的，就够你手忙脚乱了。另外还有来看房要登记入住的呢，加上电话、微信、旺旺咨询的，包你晕头转向。

这两年大理的名气越来越大了，像“雪大王”这样地段、口碑都还不错的客栈基本上已经没有了淡旺季之分，平常日子也经常满房。清洁阿姨根本就忙不过来，很多活儿都得老马自己动手，吃完中午饭还要抓紧时间把院子打扫一遍，两点钟之前把各房间和厨房、厕所、院子里的垃圾集中好，支起耳朵等着垃圾车。垃圾车一天只来一趟，只要你听到外面有扩音器唱起“大理三月好风光”的电子音乐就要立马扛上垃圾桶狂奔出去，“雪大王”在月牙塘的巷子里，车子不进巷，得跑步到巷子口才能赶上趟，要是跑慢几步就得追到下一站去。

下午三点钟以后能稍微空闲一点儿，可以在院子里泡壶茶陪客人侃侃大山，要努力营造欢声笑语，还要奉献耳朵听客人们翻来覆去忆苦思甜说自己的发家史、情史，还有酒后发昏、发疯、唱歌或者大哭的。拍完这个哄那个，到夜深一个个送回房间去，掐指一算，总有那么一两拨客人玩疯了还没回来。等呗，等到你不耐烦了上床睡觉去，刚一熄灯电话响了叫你开门。

凌晨两点总算都消停了，准备睡个好觉。突然想起米没泡上，明儿早上还得煮稀饭呐！

开客栈真他妈不是人干的活儿！

其实老马一直就不喜欢开客栈，他最早是想在大理找个院子开一个狗场，他喜欢狗，各种狗。他的理想就是把马尔吉斯、圣伯纳、斗牛梗、西高地、约克夏养上一大窝，串成一长串儿领上街去，一定比“大理一哥”何洛还要拉风。丽江有条“第一名狗”叫“牛牛”，是一条120斤重的圣伯纳犬，他想在大理养出一只150斤的圣伯纳来，代表大理压倒丽江。

当然，这些他只能想想而已了，在王大雪治下是不可能实现的。王大雪讨厌狗，家里别说养狗了，连根狗毛都不许有，要想养狗，除非先跟她离婚。

他发现他跟王大雪之间的很多问题都只有一条解决之道——离婚。刚开始的几年，王大雪还会跟他吵吵闹闹，为他打牌喝酒晚归之类的鸡毛蒜皮的小事，可是后来他们不约而同地发现吵架是不管用的，只有离婚才管用。可是有了儿子的存在，离婚就变成了一件需要“轻拿轻放”的大事，他们不得不小心翼翼地彼此忍耐了几年，后来发现还是忍不了。

这一次王大雪坚决要离婚，是因为老马跟前妻联系过频。老马早年曾经结过一次婚，跟前妻有个女儿，离婚的时候判给了前妻，他一直没管过。前妻打算把孩子送去国外读高中，有些手续需要当父亲的出面签字，老马为此回了两趟老家，当然，重点也不在这儿，重点是他见了阔别十年的女儿以后父爱泛滥，又体谅前妻一直没有再婚，送孩子出国花费不赀，主动拿了一笔钱给她。王大雪知道以后如同被分疆裂土，愤而扔下一纸离婚协议带着儿子回了老家。老马不想惯她的毛病，他要是拿点钱给女儿都不行，还算是个男人吗？

老马三十八了，第一段婚姻维持了三年，第二段婚姻已经九年，现在也快走到尽头了。离婚协议压在床头柜烟灰缸下面，他压根就没瞅上一眼。他不是不愿意离婚，他只是突然有点困惑，当初到底为啥结的婚？世界上那么多人离婚，还是有人前赴后继地结婚，这到底是为了什么？全人类都是傻子吗？

他一边洗着碗一边忙里偷闲腾出一只手来处理嘴里的烟头，一点也厘不出来为什么全人类都要一错再错。

有人走进来碰碰他的胳膊，是王大雪的闺密萧潇，她帮忙把客厅和院子里的烟灰缸和骨碟都收了进来，放在水槽边。

“恭喜你哦，接了个网红，外边那女的，罗冰冰，著名情感博主，微博五十万粉丝呢。”

他撇撇嘴，表示不感兴趣。

“这几天累坏了吧？打个电话给雪吧，她在家也该玩够了。”

“打过了，不接。”

“那她是想怎么样？”

“人家说了，除非是签离婚协议，别的一切免谈。”

“唉，你俩也真是的，至于吗……”

“抹布给我，谢谢。”

王大雪虽然让人头大，不过此刻的老马最烦的是外边那位奇葩客人。

网红罗小姐是昨天早晨入住的，她在路上跟男朋友魏先生吵了一架，俩人都是黑着脸进来的。

他们预订的房间还没退房，老马给他们安排了另外一间空房休息过渡，罗小姐马上不依不饶地要求给他们的房费打个折，老马真想把这个女的连人带箱子扔出去。订房须知里明明写了旺季房态紧张，下午两点以后才能入住，提前入住的话只能另外安排临时住房供休息。

等登记入住的时候，她又开始扭捏作态，先问只登记魏先生一个人行不行，被拒以后又问能不能只报身份证号码，还装模作样地说自己身份特殊，不方便出示身份证。直到魏先生跟老马一样开始用眼神瞪她，她才不得不掏出身份证来。当时老马还特意仔细看了看她的身份证，所有资料都平平无奇，户口地址也不在中南海，不知道她要的是哪门子的大牌——原来是个小网红。

这位网红小姐也真奇怪，都千里迢迢来云南了，却不出去玩儿。她朋友圈里的照片都是魏先生这两天出去玩儿拍的，从吃完早饭放下筷子开始，她便开始抱着她的电脑和手机，一边噼里啪啦打着字，一边将手机开着免提放在旁边跟人通话。

“小美，我刚吃完早饭，赶紧给我接几个咨询电话进来，我看……先接五个吧，五个应该没问题。对，就现在，马上。”

过了一会儿，她的电话便响起来了。

电话里一个女人语气焦灼地说：“冰冰姐，我下星期要搬到自己的房子里去了，但是我一点也不开心，男朋友只说要帮我搬家，我暗示好几次了说新家缺这个缺那个，可是他就是不接茬，他是真没听懂还是故意装不懂不想出钱。”

罗小姐用甜得能渗出糖来的嗓子答道：“我说仙女啊，男人和女人一个来自火星一个来自金星，听不懂对方暗示或者搞不懂对方心思是很正常的事情，但是你们的问题在哪里呢？你对他的受控程度不够满意……”

老马收走桌子上的两个盘子，过了一会儿又端出一个咸菜罐来放在桌子上，已经听到她在说“你这种情况啊最适合戴魔力粉晶了，粉晶对应心轮，代表爱情，戴粉晶可以增强亲和力，改善恋人关系。我店里刚推出的两个设计师款‘月光爱人’和‘桃花岛主’特价一千二百九十八，送一本我的《你值得拥有更好的人生》，有我亲笔签名的哦……”

啊，世界上怎么能有如此聒噪的女人呢！然而，她这一天至少在电话里卖出去十几条那什么破珠子手链，抵老马客栈好几天的收入。气得老马牙痒痒。

除了这个罗小姐实在太吵，老马这一天还算顺利，时间不到十二点，客人们基本都已经乖乖睡下，只有罗小姐的男朋友还没有归巢。

罗小姐一点儿也不关心男朋友这一天的动向，她在院子里奋斗了一整天，网店日成交额超三万，累得直接趴在桌子上睡着了。好不容易挤出时间来一趟云南，本来应该好好玩玩的，可是刚巧她的一篇情感剧评上了热门，评论和粉丝噌噌上涨，她只好一边拼命卖货一边借男朋友的照片来发朋友圈假装在旅游了。

难得的一刻清闲，老马往沙发上一躺开始玩起了手机。不知哪个缺德鬼发了两张自家客栈天台上的监控截图到群里，直播一对客人在亲热。老马虽然觉得不妥但还是忍不住放大仔细看了看，只见两个人啃成了一团，看不清脸，女的裙子掀到了大腿根，男的把手伸了进去，两人如胶似漆浑然忘我，纠缠得不成人形。估计他们也不会想到客栈楼顶天台竟然还有监控。

老马一边看一边忍不住猥琐地偷笑，真是搞不懂这些人的心思，都在客栈开好房了还专门跑到楼顶去亲热，脑子进水了吗？不过今晚月色不错，楼顶比较开阔，可以看山看海看月亮，确实是一个浪漫的所在。老马家的楼顶其实景色也不错。

再往下走，那男的得寸进尺，简直要当场把女的给生吞活剥了，老马一边看一边屏住呼吸，心想，这个热乎劲儿看样子还是刚刚上手。冷不防院子里“哐”的一声响，把他吓了一跳。

罗小姐一觉醒来发现自己竟然趴在桌子上睡得一脸口水，慌忙从地上捡起手机一看，已经十二点了，男朋友竟然还没回来。

“老板这么晚了还不睡呀？都辛苦一天了。”她抱着电脑打着哈欠往房间走。

“嗯，对啊，你也辛苦了，赶紧休息吧。”老马似笑非笑地答她。

群里的截图直播已经结束，那一男一女下楼去了，估计已经在房间里进入正题了。老马笑骂了两声，也准备锁门睡觉去。有人在群里回他说：“还有工夫八卦，看来已经习惯老婆不在家的日子了嘛。”他看到是萧潇，回了句：“多亏有你帮忙啊。”

萧潇经常过来帮他看店，有时也帮他买菜、接客人。这些天下来，他已经有点习惯了，除了比以前累一点，其实挺自在的。他甚至想，要不干脆就让王大雪在老家待着得了，他每个月寄钱回去给她，俩人不在一起架也就吵不起来，这样也许就不用离婚了。

男女之间的感情似乎都有一个固定的曲线，少年时对异性充满幻想，年轻时候热汤热火须臾不离，而后慢慢降温，到了中年以后会有一段漫长的彼此厌倦，老了以后又会慢慢靠近，互相取暖，只不过少年、青年、中年、老年时在一起的人未必是同一个了。他和王大雪算是厌倦期吧，也没有什么深仇大恨，但是在一块儿就是各种不对付，谁也拿谁没辙，也许他们扛过这一阶段，到老了反而又好了。

不过，眼前是看不到这个希望的。她走之前只丢下了一句话说要离婚，这么久都不接他电话，也不回他微信，更不提归期。老马也不强求了，反正再扛二十几天暑假就过了。

等到暑假结束，一定要睡他个天昏地暗。老马搂着枕头想。

不愧是暑假，“雪大王”客栈已经连续二十七天满房了，毫无意外，这又是一个忙碌的早晨。

客栈新出的差评萧潇都看到了，所以每天早上跑来帮忙做早餐。

老马煎鸡蛋、香肠，煮米线、下面，只需要在厨房里头忙活，萧潇负责在外面跑堂，上菜、送饮料、收拾桌子，两个人配合得天衣无缝。萧潇脾气好，又细心，对于客人有求必应，用餐的客人们纷纷夸赞“老板娘服务周到”，萧潇高兴得红光满面。

一屋子客人吃得“咂咂”有声，杯盘碗盏“乒乒乓乓”响个不停，楼上楼下冲马桶的声音，互相喊话的声音，客栈里热闹得不像话。

正忙得人仰马翻的时候，一楼的客房里传来吵架的声音。

“难怪我打电话打了一早上她都没接，原来她偷偷跟来大理了？你这几天老是找各种理由独自出门是不是去找她了？你们昨天晚上就在一起了是不是？啊——”

罗小姐其实没跟人吵过架。她家里姊妹四个，她最小，又是女孩，作为一个多余的人，她的生存哲学是尽量把自己藏起来，不要招人注目。虽然阴差阳错混成了个小网红，脸皮厚了些，也是一味夹着尾巴低调赚钱，在网上被人骂的时候屁都不敢放一个。可是眼下她实在是太气了，她给人做了那么多情感咨询，没想到自己却被人摆了一道，男朋友和助理？！

她早上起来打小美的电话，打了半天没人接，后来竟然发现小美的手机在魏先生的裤兜里响。

老马一边听一边摇头。

一起旅行是对伴侣的终极考验。作为客栈老板，老马也算见多识广了。很多一个一个来大理的，后来都一对儿一对儿走了；一对儿一对儿来的，后来都一个一个走了。看来这一对儿也跑不了。昨天晚上看“天台直播”的时候原本还佩服魏先生的大胆呢，没想到这么快就穿帮了。

他们一共订了四天房，还剩最后一天了，要不要退他们房钱让他们赶紧滚蛋？

早上二楼两间房的客人为了一点小矛盾已经吵过一架，老马好心上前劝解，让他们各让一步，两边的客人反而齐齐怪他不主持公道，退房后约好了似的给了他两个差评。

“早知道起床看看黄历，今天看来是诸事不宜。”

萧潇笑了笑：“黄历？你也太老土了吧，这叫‘水逆’，懂不懂？”

“什么‘水历’？”

萧潇一笑，突然抓住他的手，他吓了一跳，其实她不过是要在他的手掌上面写字而已。他轻微地挣扎了一下以示抗拒，并没有彻底收回来。

“哦，水逆呀，听说过。你们南方人这普通话真是要命。”

罗小姐和魏先生已经从屋里吵到了屋外。她一直拽着他的袖子被拖到院子里，一定要他给个说法。魏先生无计脱身，只能回头吼：“你够了，再不放手我对你不客气了！”

“你怎么样？你想打人吗？啊？” 她已经有点失去理智了，疯了一样朝他身上踢，还吐口水，怎么乱怎么来。

老马示意萧潇上前拉住她，萧潇试了一下表示无能为力。

“你神经病吗？我早就受不了了，你这些年眼里除了钱还有什么？你要撕破脸皮是吗？你那假名字、假学历生怕别人不知道是吗？还有你那假名牌首饰、假包包，都要我爆出来吗？你一个农村出来的大专生，冒充名牌大学的高才生，明明叫罗小妹，想出名想疯了改叫什么‘罗冰冰’，你以为你是谁呀？成天拎着一些假名牌假装白富美，你的粉丝们要是知道了还会找你买东西做咨询吗？你的第二本‘爱情鸡汤’还想出版吗？还想有人买吗？”

围观的客人们纷纷露出“吃到大瓜”的表情，个个兴奋不已，有的已经迫不及待开始在网上搜索了。

“我不想多说。我确实跟她在一起了，就算我对不起你吧，咱们俩不是一路人，就到此为止吧。”魏先生说完强行掰开她的手指扬长而去。

罗小姐当然不甘心，顿足大哭，满口“渣男混蛋贱人”乱骂一通。

没想到看起来很厉害的网红姐姐原来是个绣花枕头，这么不能打。老马笑了笑：“行了，消消气吧。好歹也是个网络红人，注意一下素质。”

“我注意素质？你瞎了吗？是他们欺负人，为什么反倒叫我注意素质？” 罗小姐闻言几乎气得要炸了，马上把矛头转向老马。

“为什么，为什么你们每个人都要来欺负我？我就爱钱怎么了，碍着你们什么了吗？网红怎么了？你们想红还红不了呢！有什么资格来教训我？”罗小姐开始对着满院子人骂起来，“去你大爷的大理，这什么破地方，待在这儿就了不起了吗？这古城有半点古城的样子吗？满大街卖的什么破玩意儿，都义乌批发的。你们满肚子男盗女娼，往这世界旮旯一躲画个圈圈假装不跟别人玩就纯洁了？就高尚了？就清新脱俗了？不过就是一帮逃避现实的家伙扎堆到这儿来互相吹捧，然后就拿什么诗和远方去骗那帮没见过世面的小孩们！翻翻你们的朋友圈，除了假装滋润哪天不是挂念着多卖掉点松茸、蜂蜜，你拉个人出来写首诗给我看看，讲讲啥叫平仄给我听听？跑到洱海边拍个 45° 角仰望天空然后就自我感动了？你们这会儿蹦得欢，老了以后怎么办？你爹妈病了拿得出医药费吗？买不起学区房孩子以后上学找谁哭去？还有你，你的客栈一个月能赚多少钱？你投了多少钱？多少年能回本？但是老子网店上个月赚了十五万，你能吗？”

“行行行，你厉害，大理就是个破地方，我们都是在逃避现实，你爱骂多久就骂多久吧。”老马心想，又一个差评是免不了了，干脆往客厅沙发上一躺，双手往后一枕，准备慢慢挨骂，可是罗小姐顿顿脚转身回房间去了，围观的客人也就跟着散了。

太阳从东到西把院子翻晒了一圈，打了个滚儿落入苍山西坡，手机“叮叮当当”响得热闹，老马也懒得打开看一眼，他一点儿都不想动弹，连饭都懒得做，真是身心俱疲。

萧潇买了水果过来，神秘兮兮地拿手机给他看，不知谁将罗小姐在客栈里撒泼的视频传网上去了，不单是微博，连微信也传疯了，还有好几个熟人认出是他们家客栈，纷纷在向他打听实地战况。“网红大V怒批大理庸俗”已经上了微博热搜，评论热闹得很，有的说这就是个泼妇、神经病，有的却说她骂得太过瘾了，十分有道理，还有的在评价罗小姐的身材脸蛋以及穿着，评论数量呈爆炸趋势。

等老马去把花浇完，再把晒干的床单收好叠好，草草煮了一碗面端出来，再刷手机，动态又更新了，前面罗小姐跟魏先生吵架的视频也传了上去，这回网友铺天盖地都是嘲讽，无一例外都在骂她虚荣、做作，搬起石头砸自己的脚，反正没一句好听的。

到了晚上睡觉前，罗小姐的微博已经沦陷在乌泱乌泱的评论里，她的所有网络账号都被扒了出来，朋友圈里发过的一些内容也被截图发了出来，各种信息一拼，一个心比天高、命比纸薄的农村拜金小妹形象跃然而出。

第二天早上，没等闹钟响，老马就已经醒来了，第一件事就是打开微博追看最新进展。

罗小姐已经从小小网红变成全网红人了，她的身高、体重、学历注水等等都被扒了出来，她垫过的鼻子和隆过的胸也被曝了出来，连她的大学舍友都出来爆料她上学时候的各种抠门事迹，也有一些在她这儿咨询过感情问题的“粉丝”现身说法讲述她有多么贪财，她以前在博客写过的一些矫情段落、学生时代的丑照都被PO上网，网店里卖的水晶被斥为假货，还有一些同行痛打落水狗，指出她微博上的多处观点存在抄袭。总之，罗小姐已经成了一个活生生的笑柄，失恋就算了，现在还身败名裂，财路也断了。

罗小姐赖在“雪大王”那间客房里躲了整整一个星期才敢出房门，连饭菜都是老马专门送到门口的。每天都有人跑来看热闹，还有些做自媒体的跑过来要采访她，都被老马挡回去了。这些天他窝在客栈里大门不出二门不迈，成了专职守门人，每天的菜都是萧潇带过来的，连垃圾桶都是请隔壁的义工帮忙倒的。

他本来想狠狠心把罗小姐赶走算了，可是她躲在房间里死活不出来，这么点事又不至于报警，再说他也不敢报警，她已经走投无路，要是再刺激她，不知道还会闹成什么样子，他可不想红。当然最主要的是她主动提出房费付双倍，对于爱财如命的罗小姐来说，这可是割肉淌血的买卖，老马毫不手软地收了，她给他找了那么多麻烦，收她这点钱简直太应该了。

好在网上的热度来得快去得也快，几天之后就没人再惦记这事儿了。罗小姐确认所有人都相信她早就不在大理了，才试探性地从房间里出来走上几步，还欲盖弥彰地戴了副墨镜，像只小麻雀一样，脚步悄悄的，生怕受到什么袭击。老马看着觉得又可怜又可笑。

有天傍晚老马上楼去收床单，发现罗小姐竟然摇摇晃晃地独自站在楼顶上。这一惊非同小可，老马后背瞬间飙出冷汗来，不知道是该劝她两句，还是悄无声息走过去从后面把她扑倒在地，想打电话叫萧潇过来又不敢出声，真好比热锅上的蚂蚁，不，蚂蚁还能团团转呢，他连脚步声都不敢发出来，生怕惊扰刺激了她，一个跟头栽下去。

好在罗小姐迟迟没有动作，他也就暂时按兵不动，然后悄悄地退到楼梯间发了条信息给萧潇，让她过来一起想办法，毕竟她们女人之间很多话都好说，要是劝着劝着哭起来了，也方便搂搂抱抱。

萧潇还没到，罗小姐倒是自己从楼顶下来了，老马拍着胸口直念“阿弥陀佛”。

第二天傍晚，她又站在同样的地方。老马仔细观察了一下，她貌似并没有跳楼的念头，只是在看着对面楼上的动静。他循着她的眼光看过去，发现对面楼有一个穿着演出服的人正在练功，那是最近过来的一个小剧团，一共只有五个人，每天在洱海门表演。这个人是扮孙悟空的，手里正拿着根棍子舞得虎虎生风，向夜色里劈了一下又一下。不远处一只小奶狗懒洋洋地趴在地上当观众。

“我觉得我就像一只猴子，”罗小姐自嘲地笑了笑，“戴着面具，穿上戏服，上蹿下跳，以为自己是齐天大圣，一觉醒来才发现不过是动物园笼子里关着的猴子，所有人都来围观，指指点点，骂骂咧咧。”

老马想礼节性安慰她几句，又找不出恰当的词来。他最怕女人伤春悲秋了，以前王大雪多少也有点文艺病，偶尔矫情一下他都立刻逃得远远的。

“我认真想过了，他们说的有些是对的，可是也有一些是真的冤枉我了。比如说，我根本没整容，我就是有一次骑车不小心摔了一跤把鼻梁骨摔断了，去做了个手术，根本就不是为了整容，隆胸更是不可能了，我这么小气的人，怎么会舍得花钱去整容呢，更何况我本来也不丑。”

老马默默点了点头，客观说来她确实不需要整容。她长得虽然没有什么特点，但是底子是不错的，其实有几分刘诗诗的味道。刘诗诗是老马唯一知道的新生代女明星了，王大雪老说那是因为他初恋女友长得像刘诗诗。

罗小姐再也不用抱着电脑、手机忙个不停了，待久了也难受。有一天老马特别忙，她便主动承担了做饭之职，老马尝了尝："手艺不错嘛，姑娘。"

"那当然，我五岁就开始做饭了。"她脸上露出久违的笑意。

老马才放下碗，她已经殷勤地开始把碗筷收拢端去厨房了，他有点不好意思了，人家毕竟是客人。她再三表示这点小活儿不必劳烦他了，他也再三表示这种活儿应该他来干，最后两个人挤挤挨挨分工合作把锅碗瓢盆给洗了，还把整个厨房给收拾干净了。他这些天忙得脚打后脑勺，每天只图应付，厨房里已经多日不曾仔细打扫过了，她身手极利落，把上上下下都收拾得锃亮，就像王大雪平时收拾出来的一样。

世界真是缺不了女人，老马想。以及，这女人其实也没那么烦人。

从这天开始，罗小姐就成了"雪大王"客栈的义工。老马总算是卸下了一半的担子，尤其是罗小姐把早餐这个大工程包下来以后，他简直觉得自己整个人都解放了，本来他想着要是王大雪再不回来的话他就修改房价取消早餐，这下不用了。

他想到王大雪，忍不住得意地笑，这下她爱多久回来就多久回来，他才不会去求她呢。她要是知道肯定会气死。

没想到第一个提出反对的是萧潇。

“你这是什么意思啊？”她挑着眉毛问。

“我也不能老占用你的时间啊，你也有自己的事要忙。”

“你这是要打‘持久战’？”

“又不是我要打的。”老马摊手。

“不是我说你啊，你俩本来就在冷战期，家里再弄这么一个漂亮网红，你让雪怎么想？”

王大雪能怎么想，她肯定无理也要搅三分的。老马心想，不过萧潇说的也不无道理，既然知道她会在意，理所应当要避避嫌，毕竟这婚还没离呢。

这天晚上吃饭的时候他就试探性地问罗小姐打算什么时候回去。

她紧紧捏着手里的汤匙，紧皱着眉头说：“你不知道他们多厉害，连我在闲鱼上卖东西的小号都被扒出来了，我怎么回去啊……”

老马不以为然：“杀人不过头点地，这点小事算个啥啊。”

“你说得轻巧，全世界都知道我是个骗子了……”

“全世界？你的全世界就那么丁点儿大？全世界有几十亿人，知道这事的有多少个？会不会算数？”

她抬头望着他。

“真是的，就你这心理素质还做网红？你是怎么混出来的？”

“不是为了赚钱嘛。其实我一开始有些文章都是转着玩儿的，不知怎么就开始有人关注了，后来我就……四处拼拼凑凑写了一些文章，其实主要就是去看那些婆婆妈妈的电视剧和明星八卦，看哪个比较火就写哪个，只要话题够热度不管写得多烂都会有人看的，一开始我还学一学人家的观点，后来就有了自己的一套了。其实，以前打死我也想不到现在会做这行。”

“真厉害啊你，这样都能红。”

“你也不要小看我啊，一开始我是真不懂，其实现在已经不错了——别急着翻白眼，之所以看起来并没有什么水平，是因为来咨询的姑娘们没有几个想听真话，她们不过是想要倾诉，想获得一点认同和心理安慰。所以，我陪她们瞎掰扯顺手赚她们点钱，就当是精神损失费了，其实一点也不过分。”她说完撇撇嘴。

他点头：“嗯，倒也没错。”

“你跟你老婆是怎么回事？说出来我给你分析分析，不收你钱。”

老马但笑不语。

“哎，说说吧，我这么多天没有跟人说话，嘴都快锈住了。”罗小姐自告奋勇把客厅书架上的两瓶酒拿了过来，给老马开了瓶白的，自己开了那瓶红的。

老马一闻着酒香也有点憋不住了，自从王大雪回老家以后，他何曾有过这么清静坐着跟人喝酒侃大山的时候。

他认识王大雪的时候早就对爱情脱敏了，彼时诚觉“人尽可妻”，只要不作得太厉害或是丑得太刺目。

他们是在梅里雪山的徒步旅行中认识的，她体力弱，落在了后面，他那两天有点犯痔疮，不得不慢慢地走，两个人就结了伴。王大雪一直以为他那时已经看上她了，其实他真的只是局部地方不舒服而已，但是他并没有说穿，毕竟他也不讨厌她。一男一女走到一起并不需要什么电光火石的因子，很多时候只要不较真就可以了。

男人似乎只要谈过一次恋爱，尤其是结过一次婚以后，就会把所有的女人都笼统地归入女人这个类别，再也无心去拿她们当个体看。反正女人不都是那么回事嘛，不论胸大胸小漂不漂亮都是小心眼、黏人精、买包狂、护崽魔。

他们婚后不久就不再有激动的心情。王大雪好几次在吵架的时候质问他："你到底有没有爱过我？"他在心里小心翼翼地作答："好像……还真的没有。" 但是他们之间也没有什么过不去的坎儿，他们不跟双方父母一块儿住，所以没有婆媳矛盾，也没有什么小三小四。要说钱嘛，虽然不多，但是也够生活了。又在大理这样好山好水的地方住着。论理没有什么转不过去的弯儿。可是，不知怎的就是走到了这一步。

他们之间那本账都在王大雪那里，就连这次吵架的原因他都早忘到爪哇国了。一定要问他夫妻之间有什么问题的话，他是觉得没有任何问题的。

"结婚后你还会送礼物给你老婆吗？过节过生日的时候会给老婆发'520'的红包吗？"

别说结婚后了，就连结婚前他也没送过。他们在一起没多久就把钱也混到一起用了，她买什么他都不会干涉，根本就没必要再专门去送什么礼物。王大雪喜欢的无非就是衣服和包包啰，这两样他都不懂，叫他怎么送？发红包就更没必要了，他账户里收到的钱每隔一段时间就会自觉打给她，这难道不比发红包更有诚意？

“那你们有办婚礼吗？”

老马摇摇头。他们是同居了一年之后结的婚，当时一起出去玩了一圈，顺道回了一趟各自的老家，见了见双方的父母，顺理成章地领了结婚证。别说婚礼了，婚纱照也没拍，结婚戒指也没买，他觉得这些东西都不重要。

“那你觉得对你老婆来说重要吗？”

“有什么重要不重要的？我发现你们女人净爱琢磨这些没用的东西，能一起好好过日子不就行了吗？”

“重要啊！”罗小姐认真地点点头，“爱情也是要务虚的，有很多事情即使是假大空的，但是如果能让她高兴的话你也应该做啊，比如说一些甜言蜜语，又不花钱又不费力，何乐而不为呢？”

他想了想，摇头：“无聊。”

她喝了一口酒，幽幽地长叹一声：“其实，你根本就不爱她。所以，你也不想知道她为什么会生气和难过，就算知道了也不愿意勉强自己去做些什么。”

他不否认他不爱她，但是能好好跟她过日子还不够吗？

“照你这么说，人活着就够了，为什么还要看电视打游戏？有一把伞遮雨就够了，为什么要买房子？有饭吃就够了，为什么还要花钱抽烟喝酒？”

老马被噎住了。

“家之所以成为家，是因为有感情在，家人之所以有别于陌生人，也是因为有感情在。为什么你们男人那么自大，你敢说你对她没有一丁点儿感情的需求吗？”罗小姐有点伤感，连喝了好几口酒。

老马哑口无言，也喝了好几口酒。他认真回想了一下，他之所以没有感觉到情感上的饥渴，并不是他没有需求，更多的可能是他的需求已经被对方满足了。王大雪承担了包括管教儿子在内的绝大部分的家务活儿，她的一双手，就像一个桶箍一样，牢牢地箍着这个家。他从来没有想过，如果她跟他一样做甩手掌柜的话，两个人的生活会过成什么样。如此一来，她的那些失落和愤怒也就容易理解了。

“谢谢你。”他又给自己倒了一杯，跟罗小姐的杯子碰了碰。如果王大雪只是要听一些好听的话，那他是可以勉力一试的，虽然做不到天天说，像这样的关键时刻还是可以说一说。诚如罗小姐所言，又不花钱又不费力。

他决定明天再往王大雪家里打个电话好好说说，如果她不接，那就发信息，大不了从网上抄一封情书给她。

“节日假期真正的礼物，是它有结束之时。”这句话对于客栈老板来说意义重大。终于不用再早起，不用再每天疲于奔命。

早上九点，老马才从床上跳起来，仿佛一脚踏空，闹钟为什么没响？电话也没响？手机是不是坏了？他想了好一会儿才想起来，暑假已经接近尾声，客人差不多都走光了，除了罗小姐。想到这儿，他再度吃了一惊，因为他发现自己身上不着寸缕，再看看床上地上一片狼藉，顿时心头一凉，这！如何是好？

他跑进洗手间洗澡，照了照镜子，发现右脸上粘着一张指甲大的招财猫贴纸，估计是他儿子什么时候弄到床上的，他随手撕下来扔进了垃圾桶。再看洗手台上还粘着两根女人的长发，恨得拍了自己两巴掌，直呼“完了”，这回王大雪真的会要了他的狗命。

“老板！” 他一迈出房门就迎来罗小姐一声娇唤。他不得不硬着头皮抬眼看她，只见她手里抱着一只小奶狗站在门口。

他的目光落到那只小狗身上，她忙解释道：“是这样的，‘阿浪’是对面的‘孙悟空’在洱海门那边的阴沟里捡到的，一直没找到合适的人领养，他们的表演生意不好，打算去丽江试试，所以……我们能不能暂时代养几天？他们已经在豆瓣上发帖子了，‘阿浪’这么可爱，肯定会有人领养的。”

他含含糊糊地答应了一声，准备去厨房看看，她已经高兴地抱着那只小狗冲了过来，一边喊着“马老板，你真是太好了！”看那样子，简直恨不得“吧唧”亲他一口。他胡乱摸了摸小狗，红着脸走开了。

等老马做了早餐端出来，她已经把狗给安顿好了。

“老板，这几天都没有订单。”

“是这样的，暑假过了嘛。”他倒是有点佩服这个小妮子的淡定。哎，昨天本来是想叫她走人的，这下还怎么说出口？王大雪那边还没解决，又惹了这么个大麻烦，真是“司机一滴酒，事后两行泪”啊。

微信群里的客栈老板们纷纷在组队要出去浪，反正旺季也过完了，个个手里都捏了一笔小钱。不过，即使想出去浪也不是马上走得成的，还有许多收尾工作要做。比如雨季里疯长的草木。老马花了一整天的时间把所有的植物都修剪了一遍，外加分盆、松土、施肥、除草，又结结实实地忙了一整天。忙是件好事，起码两个人不用那么尴尬。

罗小姐这一整天都在神游物外，躺在沙发上抱着小狗，手里一本书其实一个字也没看进去。

两个人默默地吃完晚饭，她又躺在客厅看了会儿电视。他犹豫了一会儿也走过去坐下了，毕竟回房也太早了。她那么大方，他又怎么好过于小家子气。

他看到她把手机拿在手里倒来倒去，应该是很想打开看看，又怕打开的是潘多拉的魔盒，于是极力忍住了。电视上在放一个最近破了票房纪录的电影，两个人都没有看进去。各怀心事在沙发上腾挪辗转。

他假装镇定地刷着手机，脑子里却使劲回想着昨天晚上的情景，那酒劲可真够大的，他们怎么回的房，怎么开始的，一点都想不起来了。只是从早上醒来看到的房间的凌乱景象来看，战况应该是蛮激烈的。想到这里，他不禁心旌动摇。

好不容易撑到九点，她终于站起来，垂头丧气地回房了。

他有点若有所失，今晚……就这样了？念头一过忍不住拍了自己一巴掌。他为自己的猥琐感到震惊，早晨起来还想到会被王大雪收拾，到了晚上，那点担心和纠结竟然已经荡然无存了。他是没办法做一个好男人了。

这个夜晚十分平静，等他醒来，院子里已经摆上早餐了，罗小姐正在呼哧呼哧喝着粥，萧潇从厨房端出一只托盘来，看到他笑得一脸灿烂："快去刷牙，我做了生煎包，还有小米粥。"

"今天天气真好啊，老马，我们一会儿去柴米多的集市吧？顺便买点花回来。"

"哦，也行，小罗要不要去？"

"我还是在家看店吧。" 罗小姐好脾气地笑笑。自从她卸任网红以后，整个人如其名，就像个邻家小妹，特别可爱可亲。作为王大雪的闺密，萧潇前阵子对她可是敌意满满，这时候也对她笑脸相迎了。人这玩意儿还真是复杂多变。

吃完饭老马骑着摩托车载着萧潇去了一趟龙凤村的集市。老马已经很久没来过了，他在集市上看到儿子每次都会买的"狼面包"，虽然不知道儿子啥时候能回来，还是忍不住买了几个回家。

萧潇在隔壁的摊位挑一个外国人手作的项链，同时在跟谁打着电话，他看到她的手机背面有一块白印，显然之前是贴了一个什么东西的，脑子里轰然一响。

萧潇今天兴致特别好，但是老马已经无心再玩，一直催着她早点回去，她有点不情不愿地坐上车子后座。他从后视镜里都能看到她几乎要把下巴搁到他肩膀上，心中倒抽了一口凉气。

他骑了一会儿，咬咬牙在路边停了下来，硬着头皮对她说："萧潇，前天晚上我喝多了，真喝多了，对不起啊，有什么冒犯的，请原谅。我……"

他说着说着面红耳赤地卡住了，可是，这问题必须要解决，毕竟她是王大雪的闺密，要是罗小妹还好办一些。唉，为什么不是罗小妹呢！

"或者是有什么我可以补偿你的，也可以，只要我能做到。"

萧潇先前不言语，听到这儿，已经转羞为怒："老马，你当我是什么人了？"

"唉，我不是那意思，我真的没别的意思，就是感觉特别抱歉，真的，特别特别抱歉。"

萧潇“哼”了一声，爬下后座气呼呼地走了。他骑着车子赶上去，用尽可能真诚的语气冲她喊“对不起”，喊了好多声。她不理他，加快了脚步走着，走着走着跑了起来。

她好像是哭了。

老马也想哭。

他回到客栈的时候罗小妹是蹦着出来迎接他的。

“我没有死，没有死啊！”她高兴地一把将老马抱住，然后把手机屏幕给他看，兴奋得语无伦次地说：“虽然很多人骂我，但是也有不少粉丝挺我的！最重要的是原来我并没有掉粉，我原来以为粉丝肯定都跑光了，没想到反而还多了几百个粉。我想过了，就算有一些是来‘观光’的，过了这么久他们也该失去兴趣了，现在还留下的，肯定都是支持我的人。真的真的，你看！后台有多少条安慰我、鼓励我的留言，你快看！他们说了我也是受害者，我就说嘛，哪有帮着渣男和小三说话的，还有还有，你看，他们还说我虽然出身农村，但是很有上进心，这也是优点呢！

“老马，我要回去重整旗鼓，我要卷土重来！去他大爷的诗与远方，我罗小妹就是爱钱，我改不了，也不想改，我要回去赚钱。”

罗小姐坐言起行，当天下午就收拾好行李回深圳了，离开前她对老马说："我一定会再回来看你的。"

老马淡淡一笑："别来了，大理不是什么好地方。"又补充："我也不是什么好人。"

罗小姐走后，老马把客栈门关了，大睡了三天三夜。这一个暑假过下来，就像过了三年五载，可把他给折磨坏了。一直睡到阿浪不干了，咬着他的裤脚要求出门。

他懒洋洋地打开手机，发现朋友圈已经被一篇名为《我是罗冰冰，也是罗小妹》的文章刷屏了。他在文章结尾处的"感谢栏"里看到了自己的名字，嘴边泛起一丝苦笑，这算是这个糟糕夏天里唯一的收获吧。

他走出客栈，外头太阳明晃晃的，像空中悬着一把雪亮的刀子。

巷子的一头又被挖开了，不知要铺什么管线，在基建这个事情上，大理一点也不拖全国人民的后腿，这巷子六年里已经不知挖过多少遍了。其实这地方一点也不文艺，比任何一个内地小县城都要世俗。每个人也是在为七情六欲、生老病死忙活着，脑沟回里的脏东西一点也不比其他地方的人少，可是朗朗乾坤之下走过路过的大多还是世俗意义上的好人。

老马抬头看了看太阳，心想，该挨的刀还是得站定了挨，老悬在头上还怎么过日子。算算还有五天就要开学了，哪怕是为了儿子，也该把事情了结了。

摩托车停在路边，已经有点旧了，头盔却还是新的，他平常都不戴，这两天专门从杂物房里翻了出来。后座上一个大筐原来是用来买菜的，现在用防水布盖着，里头装着他的行李。他戴上头盔，跨上车子，一拧车把手，油门“轰轰”响，阿浪从他胸前的布兜里探出头来，不一会儿风大了起来，它又把头缩了回去。

或多或少装载了一些故事的“雪大王”客栈大门紧闭，等候着它的女主人归来。三楼主人房的床头柜上放着两份崭新的离婚协议书，这客栈，连同所有的婚内财产全都归王大雪所有，老马只带走了他自己，像他来大理的时候一样。

山中七日

每年都有一些人无声无息地
消失在苍山中。

天边挂着几颗星星，光芒已是强弩之末，太阳即将冒头，红艳的朝霞已渗破宝蓝的天幕，慢慢地染红了海东的天空，继而铺满了半个洱海。整个海东都笼罩在一片变幻莫测的红雾之中，风在不停地吹，云在不停地走，每一秒都是不同的风景。

随着时间的推移，红光逐渐被冲淡，变成橙黄，又渐变成金黄，随后，一轮黄澄澄的圆日仪态万千地从海东升起，金光如同凤凰的尾羽一寸一寸扫过洱海，然后照彻整个大理坝子。

何子聪拿出相机，一次又一次按下快门，这可能是他一生中最难忘的风景。他来的季节不对，上关花，下关风，苍山雪，洱海月，他通通没有见识到，领略了洱海的日出也算不枉此行。

他用相机拍了一阵，又拿出手机来拍，拍完了端详半日，调出通讯录，手指疾动，一口气翻到最后，想发给某人看一看，却又叹了口气放下了。

这是何子聪第一次独自“回乡下”。香港人所谓的“回乡下”就是回广东老家。不过他这次走得比较远，远到边陲云南。

他刚跟三姐说出他想去大理的时候，三姐是有点犹豫的。他这半年里已经够荒唐的了，辞职，退婚，跟家里闹翻，等于是在半年之内把生活圈子里所有人都给得罪光了。三姐是最后一个站在他身边的人。

两个多月前，他跟他爸大吵了一架，他爸气得差点进医院，他只能暂时搬到三姐家住。他母亲早逝，是三姐把他带大的。

三姐夫是个勤勤恳恳的小职员，从早到晚不在家，下班回来也不管家务事，三姐生了两个男孩，自己还有一间小公司需要打理，每天都忙得脚打后脑勺。没住多久子聪就想离开，可是又不知道走到哪里去，“去大理”的想法在脑子里冒出来的时候他自己都吓了一跳，马上又觉得，也没什么大不了嘛，不过是一场远足。

“不过，你为什么不在前两天讲呢？那样可以跟着张哥一起去啊。”

“张哥”是三姐的老友张楚生，广东人，在大理开了一家精品客栈，前两天刚来了香港一趟。子聪想去大理就是因为听张楚生说起那边的生活，想要过去看看。

“子欣，我这两年真的想通了，真的，我就好像重生了一次，再世为人的感觉。想想前四十年活得那么辛苦，真的不值。”张楚生每次提到他在大理的生活总是显得特别浮夸。子欣笑他“鸡汤”喝太多了，“老夫聊发少年狂”。她才不相信人到中年还能斩断过往重新活一回。楚生摆摆手：“你不懂，环境不一样，眼光也就不一样了——‘我见青山多妩媚，料青山见我应如是’。”

子聪到底年轻，一听就当了真，迫切地想要去大理看看。他觉得自己好歹也是个大男人，一个人去云南玩儿完全是可以自理的，但是子欣并不这样想，她马上跟张楚生联系，要他做好接待工作。

“叫他过来就行了，那么大个仔，还能丢了？”张楚生不以为然地说。

子欣欲言又止：“呐，张楚生，反正小六是交给你了，你得保证他毫发无损地回来，不然我们十几年的交情就算完了。”

张楚生只能说好，谁叫他欠她的呢。

飞机在昆明中转的时候是傍晚，太阳看起来很烈，晒在身上却特别舒服，即使是走在太阳底下也一点不觉得热。从南国小岛的燠热中乍一下空降到这样清爽的高原气候里，就像来到了另一个星球，子聪整个人松了一口气。

当他落地大理荒草坝机场再搭乘张哥安排的车子到古城的时候，已经是晚上八点多了，奇怪的是天竟然还没黑。车子从大丽路上驶过，他看着淡蓝天空下碧波荡漾的洱海，觉得这真是个神奇的城市。

大理古城离城市的规模还很远，它不过是个不足三平方公里的小城。这里的房子最高只有三层，进了城门就是一条一条小巷，没有红绿灯，遵守交通秩序全靠司机们自觉。路边很多白族院落的美丽白墙上十分粗犷地写着“枪支迷药黑车”外加一个手机号。洱海虽然被称作“海”，但其实只是一个周长120公里的湖泊而已，没有海风，也没有海鲜。尽管如此，这已经算是云南比较发达的城镇了，他在飞机上听说还有为数不少的地方不通火车，更别提飞机、高铁了。

子聪原本做好了心理准备，张哥所描绘的美好生活应当是要打个折扣的，没想到却是足斤足两童叟无欺。大理何止是“慢生活”，这些人简直懒得令人发指。早上八九点去街上，除了早餐店，很多店铺都没有开门，他在叶榆路上看到一个店铺的名字就叫“十点半开门”。

张哥的生活就是睡到自然醒以后吃吃喝喝，跟天南海北的人闲聊。客栈里几乎每天晚上都是一大桌人吃饭，基本上都是没见过面的陌生人，却聊得十分亲热，但是分别的时候也不见谁难过，因为每天都会有新人来补上空缺。

子聪第一次见到这样流水席似的生活，觉得很有趣，大理这个小镇，因为这些来来去去的人而“流水不腐”。他喜欢这样。人与人之间都只是匆匆的一个交会，君子不下马，各自奔前程。

他每天醒来都去爬南门的城墙，看脚下城门大开，人来人往，心里想着，若是所有人之间都可以这样就好了，最怕的就是别人已经策马奔前程，而你却一直留在原地，恋恋不去。

“我没有留在原地，我也已经走了千山万水了。”他经常躲在城墙的烽火台上看着苍山给自己鼓劲。

然而，走了千山万水又怎样，此刻他孤身独坐苍山一隅，脑子里想的还是周延。

他已经到大理月余，这是第五次爬苍山。本来应该是昨晚就下山的，他为了寻找遗失的物品跟同伴们失散了，同伴们知道他已经爬过好几次了，也就没当一回事儿。

他虽然是第五次爬苍山，却是第一次爬圣应峰。

苍山有十九峰，北起洱源邓川，南至下关天生桥，它们自北向南分别名为云弄、沧浪、五台、莲花、白云、鹤云、三阳、兰峰、雪人、应乐、观音、中和、龙泉、玉局、马龙、圣应、佛顶、马耳、斜阳。每两峰之间有一条小溪顺着山谷淌下，穿过古城、村庄和田野，汇入洱海。

他判断自己现在应该已经横穿山谷到达了佛顶峰边上，昨晚他发现自己“误入歧途”之后花了两个小时依然没能找到主路，只好在山上露宿一晚。因为水喝完了，他就在黑暗中循着水声想摸到溪边去打点水，谁知道这个错误的决定给他惹了个大麻烦。他在下坡的时候“马失前蹄”一脚踏空摔了一跤狠的，到现在还没缓过来。

干粮早就吃尽，水声倒是近在耳边，可对他来说却像是远在天边。他爬行了一段后找到这块平整干燥的大石头躺了下来，溪水就在他身下十几米处，但是这个十几米的悬崖是他不可能逾越的天堑，他只好望溪兴叹。

大石头上视线还算开阔，他可以看到两峰夹峙下扁扁的一线洱海，相信高处的人也能看到他。手机还残余些许电量，但是山涧里没有信号，他只能倚着背包闲晒太阳，这一米阳光也是很珍贵的，日头稍微一转向温度就要骤降 10° 以上，他昨天晚上已经吃够了苦头。

更大的苦头还在后面，次日山上下起雨来。他躺的大石头上方有浓密的树枝，所以并没有浇到多少雨，但是那块大石头处在一个坡上，上方的雨水在石头上形成了一面瀑布。

雨水一帘一帘地从石头上冲刷而过，他躺在那稀薄的河流之中，想象自己是一只朽坏的雨刮器，面对满地雨水却不能作为，想着想着脸上露出一丝无力的惨笑。

热度如抽丝一般被雨水一滴一滴抽走，他变成了一只密度岌岌可危的茧，马上就要破掉了。他从破口处再度探出头来的时候，会是一只什么样的小动物？

何子欣这些年做贤妻良母，性子温婉了不少，可是脾气上来了也是很厉害的。她下了飞机听说还是没找到人，“啪”地打了张楚生一个嘴巴子。机场人人侧目，张楚生低头聆训一言不发，他知道子欣就这脾气。

有一个晚上他跟子聪在院子里喝酒闲聊的时候，子聪突然问了他一声：“三姐是不是中意过你？”

张楚生有点尴尬地笑了笑：“好多年前的事了哦，那时你还小呢。”

彼时张楚生三十出头，在深圳做生意，初初发迹，正是意气风发的时候，子欣跟他对接一项业务，一来二去就爱上了他，但是使君已有妇，子欣悄悄跟他来往了几年，后来也只能嫁人了。他们从情人做回朋友，多年的情分倒还在。再后来他兵败如山倒，离了婚，独自来大理投资开客栈，子欣还借了他一笔钱。要不是有这份交情在，子欣也不会把唯一的宝贝弟弟托付给他。

“你那时候应该也很中意三姐的，你们为什么分手？”

张楚生想了很久不知道该怎么回答。总而言之，是他对不起子欣，至于个中缘由早就失去追溯的意义了。

“你太敏感了，聪，有些事情不需要弄得那么清楚。”

子聪不语。他们当年恋爱的时候他已经什么都懂了。三姐曾经有过孩子，因为张楚生不能离婚娶她只好拿掉了，这些他也知道。她决定嫁给现任老公之前跟张楚生最后一次见面，也是带着他去的。严格来说那一次他们并没有见面，只是在尖沙咀天星码头遥遥对望了一阵。子聪永远记得，在张楚生的船马上要靠岸的时候，三姐突然转身带着他离开，在回去的路上，三姐哭了一路，他的心里却放下了一块大石。

四个月后，三姐婚礼上子聪做花童，只有他分得清新嫁娘眼泪的成分。

“我一直都想跟你说声‘对不起’，张哥。当年要不是因为我，三姐是可以跟你走的。”

张楚生曾经想过要跟子欣私奔，拿了机票亲自送到何家楼下，子欣正跟他生气不肯下来，还是子聪下来见他的。他已经忘了那次子欣为何生气了，左右不过是因为他没陪她过生日或者过节日之类的吧，所有婚外情里头的波折不过是这些套路。他本以为她见了机票会喜极而泣马上拎上箱子跟他走的，可等来的还是子聪，以及他手中原封不动的机票——其实也算是意料之中，自从子欣的母亲去世后，她就一直是家里的顶梁柱，她不能走。不久后他们就正式分手了。

何家原本有六个孩子，子欣十五岁那年，一场车祸带走了母亲、老二、老四和老五，子欣就代替母亲成了家中的“女主人”。这些年操持着两个家，楚生知道她压力很大，这节骨眼上弟弟又出事，难免急火攻心。

事发当天晚上，他就组织了一帮朋友上山去找，奈何夜深林密只能无功而返。第二天一早全大理玩户外的人都从豆瓣“爱大理”小组和微信朋友圈知道了消息，纷纷伸出援手，他加了上百人的微信，手忙脚乱组织了两支队伍先后上山去找，还是没找到人。子聪的手机也联系不上，估计是电量告罄了。楚生到古城派出所报了案，马上给子欣订了机票。

已经是第三天了，更糟糕的是还下雨了。

站在古城里任意一个地方抬头望去，只见苍山上白雾深锁，绵长的山脉像一条青鱼卧在水雾里，只能隐约看见它的背脊。

张楚生带着子欣赶到苍山保护局的时候，他们组织的专业救援队已经冒雨上山，子欣也要亲自上山，张楚生拦不住，只好跟着去了。

雨后的山地寸步难行，子欣没穿登山鞋，心里又急，在泥泞里走三步退两步，咬牙爬到下午三四点才到达当天子聪跟同伴们失散的地方。那是一处略为开阔的转弯处，站在湿漉漉的长草丛中可以看到洱海全景。然而，在这样一个愁云惨淡的天气里，洱海只是一汪死气沉沉的大水塘，毫无魅力可言。

子欣在草丛中踟蹰良久，跪在地上把所有痕迹都查看了一遍，像只猎狗一般搜寻着弟弟的信息，徒劳地在周围找了一大圈，天黑透了才不得不跟着张楚生下山。

晚上九点，一行人回到古城，子欣带着一身泥水冲进派出所，拍着桌子跟值班人员厉声大吼："怎么能下班呢？！今天已经第三天了，又下了雨，温度这么低，他在山上怎么过！"

楚生一边向值班的民警道歉递烟一边努力安抚子欣，被她一把掀开，她绕过办公桌，冲到值班民警面前，杏眼圆睁："我要你们现在马上上山接着找！马上！即刻！不然我投诉你们！"值班民警还没来得及说什么，她又说："我弟弟在山上危在旦夕你们竟然可以下班不管？我请问你们警察……你们能睡得着觉吗？"

楚生强行把子欣抱住拖出了屋子。子欣如同怨鬼一般，张牙舞爪，拳打脚踢，一副要跟人拼命的架势，连脏话都逼出来了。楚生这几天连轴转，早就体力不支了，两个人一齐摔倒在院子里。

雨下大了，院子里满地雨水像一口沸腾的汤锅，楚生觉得自己饿了，这才想起来他从早上去机场接到子欣以来这一整天都没有吃过东西，算算子欣这一天也没吃过东西。

他们年轻的时候一起工作，忙到废寝忘食是常有的事，一点儿也不觉得苦，真正是有情饮水饱。此时此刻，两人筋疲力尽地躺倒在一地雨水里，恍觉十几年的光阴在身旁流水般淌过。

雨停了，他是一个五岁小男孩，身上湿透了，露水像一床沉重的被子盖在他身上，地心引力比平常加强了百倍千倍，牢牢地将他吸在地上。他的质地仿佛也变了，像生铁一样又沉又硬。他简直被自己硌疼了。

他想要喊叫，却又害怕听不到回音，想要触摸，却又怕摸到一些令人恐惧的东西。他突然醒悟自己身在何处，又惊又怕，放声大哭起来。而那哭声完全被死亡的寂静所吞没，一丝不漏。他想叫妈，想叫四哥，想叫二姐，五姐，最后想起来应该叫三姐。

早在二十年前那个雨夜里，他的母亲、二姐、四哥、五姐就都已经唤不应了。

那天是母亲节，三姐留在家里照顾大姐，二姐开车载着母亲、四哥、五姐和他一起去看望阿嬷，途中突遇雷雨，二姐一时心慌，操作失误，车子冲下山崖。二姐和四哥当场身故，五姐没能挨过那个晚上，母亲坚持到了医院，最后仍然没有救回来，只有他捡回一条命。

这个苍山的雨夜与当年何其相似，仿佛中间这二十年都白过了，白驹过隙般的二十年，他又回到了当年。

他止不住地想，他死了以后谁会伤心，谁会高兴。

三姐肯定是最伤心的一个了，她肯定恨不得杀了张哥。

这辈子最对不住的就是三姐了，可是，也许长痛不如短痛，如果他活下去，带给三姐的只是无穷无尽的麻烦。三姐实在太辛苦了，他要自觉。

他们的大姐生下来就得了重病，一直靠着母亲的精心照顾才成年。那场车祸后不久，大姐因为伤心过度也病逝了。真正家破人亡。这些年来所有重担全都压在三姐肩头，他不能帮她分担就算了，还老是给她添麻烦，还不如死了省事。

悦君应该也会为他哭几场吧，虽然他们已经取消了婚约，到底是从小一起长大的。

悦君是他从小的玩伴，两人的父亲是至交好友。他比悦君大半岁，两人在肚子里就被订了娃娃亲。当然，娃娃亲并不算数的，他们要是不喜欢对方，两家的大人也不会强迫他们，可是他们谁也没有异议，就这样完全依照大人的要求长大了。

他一开始并不知道自己爱不爱悦君，总归是不讨厌的。他待她，就像待家里其他姐妹一样，没有什么分别心。他是在结婚提上日程以后才突然惊觉他跟悦君并不算恋爱，只是小时候过家家的时候这么玩，长大以后他们还是接着过家家而已。他心里是一直没当真的，悦君做他的老婆？要跟她一起生儿育女？他真的没有认真想过。

恰是在这个时候，他认识了周延。

因为另一位同事告病假，他被派去深圳公干半年，审核集团下属的一个子公司，周延接待他。他一见她就被镇住了，看起来干练利落如同职场老手的她实则毕业不过一年。她领着他去找房子，帮他买东西搬家，两个人像燕子衔泥似的一点一点往家里搬，当她把他的新居收拾出来并端上三菜一汤时，他恍然有了一种新婚夫妇尘埃落定的错觉。

周延比悦君还小几岁，却不像悦君那样给他一种“小妹妹”的感觉。

子聪很快就昏了头，形同牵线木偶一般无法自控，好在公司人人都知道他早已订了婚，加上他的乖乖仔形象实在太过深入人心，没人往那方面想。

下班之后周延经常带他出去玩，爬山、骑车、游泳、泡吧、喝酒，原本烟酒都不沾的他像虚竹和尚一样一项一项全破了戒。

他第一次抽烟是在周延那里。那是一个黄昏，他们在床上厮磨够了，到阳台上去吹风。他站在她身后，嗅着她微汗的后颈，把她嘴里的烟抢过来塞进嘴里，她又掏出一根接在他的烟头上，捧着他的脑袋用力一吸，烟头之间一条红线闪烁，像一个啜出血来的深吻。他只觉得心中一紧，像是被烟头烫了一下，不自觉地抓紧了她。

她喷出一口烟圈，淡淡地，说明年的这个时候她应该是在英国了，她这一年拼命打工为的就是挣够学费去国外学设计。算一算日子，他不久也将要回香港了，一种末日感漫过他的头顶。

他觉得自己的密闭性被打破了，天地变得过于辽阔，像那远处刮来的太平洋的风，大象无形，这样的空旷让他觉得害怕。鬼使神差的一刹那，他心中恶念顿生，很想一把将她从栏杆上掀下去——粉身碎骨的终点好歹也是一个边界啊。

他突然发现自己是个如此恶毒的人，却也不觉得意外，虽然没有实证，但是他知道，在记忆的最深处，他早就已经干过这样的事情了。

多年前那个车祸之后的冷雨夜，他喊冷，母亲把自己的衣服脱下来给他，如果不是这样，也许母亲是可以活下来的。

他强忍着对自己的厌恶，努力让自己平静下来。好在她一直乖乖地靠在他怀里，没有任何动作。她的烟灰色的真丝睡裙拂在他的腿上，海浪一样轻轻地来了又去，每次带走一点点，足以把他掏空了。等她的那支烟抽完，他心中的魔鬼如台风般已经过境。

他从来没有问过她可不可以留下。回香港以后零零星星有过几次联系，也刻意不问她去英国的事情。后来当他再想找她的时候，已经联系不上了。

他提交的审核报告被判定可信任度低，接受了合规小组的反贿赂调查，最后虽然确认他没有收受任何好处，仍然因为“专业能力不合格”被降级。他回想整个过程，知道问题出在周延那儿。

这件事大抵可以算是他人生崩坏的开始，他突然开始怀疑一切，怀疑所有的人际关系，怀疑工作，怀疑感情，甚至怀疑自己的活着是不是名正言顺。更让他绝望的是这每一样都经不起推敲。

他辞了职，又退了婚。

他跟周延在一起的时候，脑子里从来没闪过对不起悦君的念头，但是跟悦君提出分手的时候却哭得肝肠寸断，一边哭一边对她说："对不起，我会让你失望、让大家失望的，我做不了一个好丈夫、好爸爸。"

悦君气得对他大喊："你这个人实在太自私了！难道你现在这么做就没有让我失望吗？"

他不止令她失望，基本上身边所有人都对他失望，尤其是他父亲。

他父亲老何曾经是军人，一辈子最讲究的就是男人要铁肩担道义，在老何的眼里，这个儿子的所作所为可以说是不孝极了。从子聪跟悦君分手开始，老何便每天都处于战斗状态，他一直认为这个小儿子是从小被妻子给宠坏了，妻子走后又被老三给宠坏了，以至于二十好几了还不成气候，结婚成家之际竟然临阵脱逃，简直是家门之玷。

子聪从小就怕父亲，这一次借着退婚的机会闹开了反而好。一个恨铁不成钢，一个破罐子破摔。父子俩把该说的不该说的、想说的不想说的，都一股脑儿倒了个痛快，彼此都仿佛解脱了。

可是，原来下坠是无止境的。所有人都以为他只是任性加恐婚而已，其实不是。到底是为了什么，他也觉得无从说起。总之，这么久以来，他一直处于恐慌之中，直到来到大理，他突然找到了终点的感觉。

他第一次爬苍山的时候看到一块石头上写着："前方已有勇者留下过生命，请原路返回。"落款是"苍山保护管理局"，心中莫名感动。大理不愧是个千年"佛国"，善意无处不在。他们没有奚落那些执着到失去生命的人，而是给予了他们应有的尊重，称他们为"勇者"。虽然，在很多人眼里，他们根本不是什么"勇者"，甚至可以说是"弱者"。

距今约六千万年以前，地球开始了一次波澜壮阔的身心发育，史称"喜马拉雅造山运动"。受"生长激素"的影响，地壳内部孕育着巨大的不安的胎动，印度洋板块向北俯冲，产生强大的挤压力，一座隐遁海底几十亿年之久的庞大山脉异军突起，成为世界屋脊。这次轰轰烈烈的造山运动迫使大陆发生了翻天覆地的变化，苍山的崛起只是其中微不足道的一朵浪花。

时间又过了几千万年，云南一带又发生了一次强烈的构造运动，苍山继续拔高，而大理坝子低处发生地层断陷形成了洱海。又几百万年后，苍山进入了最后一次冰川期，随后便定型成了人们现在所看到的样子。

大约五千年以前，开始有人类依山而居。大山对于人类这一生物饱含善意，慷慨地赐予他们树木与果实，偶尔心情不好的时候也会向他们略施小戒。自 2003 年苍山保护局成立以来，平均每年都有三十余人在山上迷路遇险求救，他们中有的人侥幸获救，有的人只找到了尸体，而另外一些人，再也没有任何踪迹，没有人知道他们去了哪里。

这次遇险失联的是个香港青年，当事人的家属接受某媒体的采访时情绪失控，采访视频传上网络以后引起各界关注，不断有媒体和网友通过各种各样的方式在关注着搜救行动的进展，大理政府不得不召开了一个简单的新闻发布会，公布了搜救进度。

州政府领导向现场的数家媒体通报了事件概况：香港青年何子聪已经在苍山圣应峰上失踪四天，政府和民间一共组织了十几个批次的搜救队伍上山，动用人力六百余人次，目前暂时没有获得任何有效的线索和信息，救援队伍将会继续扩大，救援强度也将升级。

第五天。

何子聪与同伴分开的地方大致是海拔 2800 米处，这几天救援队伍已经将海拔 2500 米 -2800 米这一带都翻了个遍，竟然一无所获，指挥部做了一个大胆的决定，将搜救范围向上移，并连夜将指挥部大本营从海拔 2800 米处上移至 3000 米。

凌晨四点，二百余人的救援队伍兵分五路同时出发，其中有热心的本地居民和来自各地的驴友，也有特警和消防中队的官兵，还有张楚生从深圳找来的蓝天救援队。

子欣那天在派出所摔倒撞伤了头部，被张楚生强制要求住院休息。州政府领导亲自到医院看望她，她头上绑着纱布，眼含热泪表示感谢大理政府和社会各界人士的帮助。这个画面在本港的晚间新闻中播出后，子欣的电话便被打爆了，各种认识的不认识的人都主动伸出援手，有朋友的朋友帮她联系了美国的专业山地救援人员越洋指导，令她信心大增。

上午 9：40，山上传来消息，救援队的高倍望远镜在海拔 3100 米处山涧旁边发现了一些可疑物品，很可能与失联五天的何子聪有关。一时全城振奋，子欣守在病房的电视前看朋友在救援现场的直播，咬牙等着消息，腮帮子都咬疼了。

受持续多雨的天气影响，山上进展缓慢，直到下午三点，消防战士用索架从山坡降下，这才到达可疑位置。经过勘探后发现了近期内有人活动过的新鲜痕迹，并捡到了一只鞋子，一副坏掉的墨镜，还有两根布条。高清照片传下山来，子欣激动得当场晕了过去，正是子聪的东西！子聪曾经在那儿逗留过！

振奋人心的消息很快传开，全大理的人都在等最后的搜救结果。想必人就在附近了，可是每个人心里也难免有点惴惴不安：已经五天了，又连下了三天雨，谁知道是死是活呢。

张楚生顾不得避嫌，强制把子欣的手机没收了，让她在病房安心躺着，所有的事务交由他处理。她只能揪着一颗心，粒米未进一直等到晚上。

傍晚他拿着电话进来给她，她接过来一看，是小儿子打过来的，讲了不到三句插进来一个男人的声音：“你是怎么回事？为什么是个男人接你的电话？你几时回来？”

她咬着牙说：“辛苦你再带几天孩子，我这边事情还没……”

男人已经大吵大嚷起来，她只是怔怔地听着，张楚生一把将手机夺过去把电话挂掉了。

失踪者仍无消息。

雾气太大，很多地方能见度不到两米，山上地形复杂，断崖处处，生命探测仪派不上用场，搜救队员在山上奋斗到晚上十点，仍旧一无所获，最后只得怏怏收队。

张楚生接完电话，在医院走廊里徘徊良久，最终还是只能硬着头皮推门进去。不用他开口，她已经知道结果了，默默地转过身去不再看他。

“他们说了，之前有一个人也是在苍山迷路，等了十二天，最后被救出来了。还有，在泰山，就是山东省那边，曾经有一个游客失踪，第十三天被救回来……”

“如果小六可以救回来，我可以等三十天，三百天我都OK，你能保证一定把他给我救回来吗？”

“没找到人也不一定是坏消息，也许他是找到了一个安全隐蔽的地方避雨，要不然……”

“张楚生，你让我怎么去面对我妈妈！你知不知道，我妈临死前叫我无论如何要照顾小六平平安安长大，我怎么对她交代！”说到最后，她已经接近嘶吼了。

“子欣，所有人都不想阿聪有事。”张楚生正色道，“但是你也要清楚，如果他真的发生什么，不是你的错。他已经是个成年人了，你不能看着他一生一世。你早就尽到了姐姐的责任，没有失信于你妈妈。”

“……”

“你怪我吧，都怪我。你骂我吧，打我也行。我会亲自去香港跟何伯父请罪。你保重自己，大宝小宝还在等你回家呢。”

她的眼泪滚瓜似的跌落。其实这几天她已经想得清清楚楚，她也知道这怪不得张楚生，谁会想到爬了那么多次的山还会出意外呢。

“你早点睡吧，我明天一早上山，也得回去休息了。”

“楚哥，”她叫住他，“多谢你。对不住，是我的问题，你多包涵。”

他握着门把手，回头对她苦笑着点了点头，转身离去。那是十五年前她对他的称呼，十年前他们分手之后再也没听她这么叫过他。自从来大理以后，他以为已经尝到人生真味，不过是四大皆空，今天他又觉得心里某些沉渣泛出苦来了。

“C，你……睡得好吗？记得小时候你生病，晚上不好好睡觉，又瘦又矮，我们的妈妈结伴带我……们去拜黄大仙——咳……这都什么字啊？你们这鸟语真是难懂，幸好我以前交过一个广东的女朋友——你妈妈为你求了一只木佛牌，就是你一直戴在颈上那只，听讲那个黄大仙好灵的，所以，那年车祸你毫发无损，这一次你也会没事的。我今天哭了三次，我一想到以后会见不到你就好难过，所以，拜托你快点出现好吗？我在山下等你。只要你回来，以前的所有事情我都不再计较了，我们可以永远做好朋友，抑或好兄妹，怎样都行。但是，如果你还是这样无声无息，我真的要生气了。”

“发信人，悦君。下一条发信人还是悦君。”

“第五天了，C，你好吗？三姐快要崩溃了。上午山上说找到了，后来又说没找到，所有人都支撑不下去了，我的眼泪也哭干了。C，你若有心，请回答我一声，你到底在哪里？”

“又及，今日周末，家姐同我老豆去探望忠伯，忠伯问起三姐为何周末不回家来，发了脾气，后来似有所悟，突然问起你的境况，想系父子灵犀，他都感觉到你不平安。忠伯就快八十，身边只得你同三姐一子一女，三姐今次如果不能带你一起平安返港，想老人家也难过这一关。C，为了忠伯，为了三姐，为了我们这些亲人，你一定要顶住啊！”

“后面一条还是悦君。”

“C，你在哪里。好久没有这么叫你了。记得第一次这么叫你是中五那年，那时候我们已经开始怕丑了，怕家姐见到会笑，所以不写你的全名，只写一个字母。尤其是就快会考了，我还偷偷地给你写信，如果家姐见到，一定骂死我。而你这个小气鬼呢，只要我有一个星期不给你写信，你就会恼……”

“好了，就这些了，我念不下去了。雨已经停了，明天应该能放晴，放心吧，你已经没事了。”陌生男子身材高瘦，打扮怪异，穿着一身和尚的僧袍却梳着一个道士常梳的髻。他拎过来一只包放在子聪身边：“这是你的包，差不多给你烘干了，还有一包烟，我可以抽一根吗？太久没抽烟了。”说完掀起他的袍子，舒舒服服地坐在火塘前，从一只小铁盒里拿出一根烟来，点着了开始吸起来。

这个年轻人自称爬山迷路，预计体力即将耗尽，只盼留个全尸，所以顺着两根树藤爬到巨石之下的小小山洞中，若非洞口的两株野生重楼吸引了采药的他过去，这会儿早就魂归西天了吧。

子聪呆呆地望着火堆，现在他还有点恍惚，不知道眼前的是真实还是幻觉。

当时他预计体力即将耗尽，只盼留个全尸，便顺着两根树藤爬下山涧，躲在他原本躺着的大石头下，那儿有一个窄窄的小洞可供藏身，应当不至于很快被野兽吃掉。

他在山洞里躺了两三天，昏迷过去无数回，每一次都以为自己已经死了，没想到还能捡回这条命来。

他心想，这雨夜里的奇迹要是发生在二十年前该多好。

二十年前那个晚上，他母亲不单把自己的衣服脱下来给他穿，还把躺得最近的已经死去的二姐身上的衣服也扒了下来给他穿着。他永远无法忘记那种感觉，他穿着妈妈和二姐的衣服，就像穿着她们的生命，又湿又重，极不舒服极不暖和。不，他还穿着大姐的生命，他穿着全家人的生命，二十年里捂得他喘不过气来。

他想着这些，胸膛剧烈地起伏，几乎要哭出来。

他闻到熟悉的烟叶味道中裹着淡淡的果香或者药香，这才感觉是回到人间了。奔向死亡当然是苦旅，可是回到人间也不觉得甜。

那盒烟是周延剩在他那里的。

他很想拿起手机来看看有没有周延的信息，她知道他失踪了吗？会不会有同事告诉她这个消息？她会不会焦急地拨打他的电话，会不会为他祈祷祝福？她会不会也跟悦君一样，千里迢迢来大理找他？也许此刻她就在山上焦急地寻找他，也许明天他就可以见到她！当然，也有可能她早就去英国了，又或者她早就把他忘了。

他愿意她彻底把他忘了。

一滴迟落的雨水从树梢跌下，被一片平展的叶子温柔地托住，雨水在叶面上盘旋一小圈，糅进去数颗细小的晨露，最后停在了中间的叶脉上。太阳轻移一个角度，水珠顿时变身，倒映出一个流光溢彩的红尘世界。绿树、蓝天，蓝色的洱海、白色的院落、灰色的长路，成千上万的人，尽收在那颗小小的水珠里，让人叹为观止。

每一次新的日出代表着新的希望，可是对于此刻的何子欣来说，却意味着希望又减少了一分。只不过，不到最后一刻她是不会死心的。

她已经出了院，住在张楚生的客栈里，这天是农历十五，她让人帮她准备了神龛神位，还有拜神用的香烛纸钱供品，早上一起来就在神位前长跪不起。她求玉皇大帝，也求观世音菩萨，还求黄大仙以及已经过世的母亲和几个姐妹，求满天神佛让她的弟弟平安归来。

也是天公作美，雨彻底停了，山上乌云散去，是一个清爽的大晴天。她强迫自己打起精神来，站在天台上，面朝苍山，等着山神大发慈悲，显露神迹。

电话响起来，是张楚生的名字。

……

在何子聪失踪后的第七天，奇迹发生，救援人员在海拔 3200 米的一处山道上找到了他。人们欢呼雀跃，互相传递消息，欢笑声，喊话声，哨声，快门声，对讲机的声音，在山谷间回荡，惊起飞鸟无数。

随队医生马上为他作了简单的检查，然后抬上担架火速往山下的医院送。

子聪身体虚弱，躺在担架上沉睡，偶尔醒来，脑子里全是救他的那人所说的话。

那人极瘦，看起来也不年轻了，子聪虽然在山上已七日，接近一米八的身板仍然不容忽视。

“对不起，我是不是太重了？”

“你不重，是你身上的包袱太重了。”

“……”

“人一生要背的包袱太多了，但是一个人的力气是有限的，所以，有时候不妨拿几个下来打开看看到底背得值不值得。如果一直背下去的话，迟早会穷途末路。”

“你曾经背过什么包袱吗？”

“我呀？十六岁的时候跟人打架，用一根粗铁丝扎瞎了别人的一只眼睛，连夜跳上火车离开家流浪，也不上学了，从河南到陕西，再到四川，到西藏，到云南，后来的人生就由不得自己啦。三十四岁那年我发了点小财，鼓起勇气回老家，赔了人家一笔钱——其实我父母早就赔过了，就是心里过意不去。对方拿了钱，也没有再计较，我们一起喝酒，亲亲热热的，好像没有发生过那回事儿一样。但是我知道那事儿确实发生了，那一根铁丝扎下去，把我们俩的人生都戳了一个洞。虽然就算没有那件事我俩可能也成不了什么大人物，可到底是不一样的，人生啊，每个人都只有一次呐。不过，后悔归后悔，却也只能接受。没有谁能一生下来就知道要怎么正确地过一生。只要意识到后悔，后面的人生就算赚的。”

子聪闭上眼睛，涩重的眼皮下面钻出一眼泉水来，无声无息地淌着。

“谢谢你，何先生。”

那人回过头看他一眼，惊问：“你认识我？”

“大理城没有人不认识你。”

“嘿嘿，是吗？”何洛不以为然地一笑，“我知道有人在山上找你，我一会儿把你送到他们附近就放你下来，你自己想好怎么跟他们说，最好不要提起我。”

“我该如何报答你。”

“你真心感激我吗？”

“我……”子聪略一停顿，叹了口气，转而说道，“也许我哪天再上山来拜你为师学做姜黄豆腐。”

“哈哈哈哈，山上可做不出豆腐来，真要学我也只能教你‘心法口诀’。”

“好。”

七天前，香港青年何子聪在爬苍山时不慎遗失了小时候母亲为他求的一个佛牌，于是离开同伴独自返回寻找，因为过于专注找东西，没注意偏离了大路，后在寻路过程中不幸受伤，手机停机后被宣告失踪。当事人的亲友报警之后，大理州政府组织了超过 1500 人次的救援队伍上山搜救，终于在第七天成功找到伤者，救援行动大获成功。这一天，整座大理城像过年一样喜气洋洋，每个人的朋友圈都被这条快讯刷屏了。

张楚生在客栈里连摆了三天流水席，邀请所有帮过忙的人来家吃饭，除了这些来吃饭的，还有前来问候的邻居和朋友，巷子里每天堵得水泄不通。

好在子聪是住在医院里，子欣和悦君轮流陪着他。

悦君将那个历史悠久的佛牌重新系了一根红绳，郑重地系在子聪的脖子上，又双手合十默默祝祷了几句，然后嘱咐道："以后每隔两年记得重新换条结实点的绳子，这样就不会掉了。"

子聪点点头："以后你帮我换，不然我可能会忘记的。"

悦君羞涩地点了点头。

子欣拎着一个保温饭盒进来，悦君便收拾东西回客栈去了。其实子聪除了腿伤以外并无大事，只是失而复得以后难免会珍重一些，两个女人最近 24 小时轮班看着他，生怕他再不翼而飞。

子欣虽然难掩喜色，眉梢眼角却尽是疲惫，即使是丈夫打了无数个电话来催，她也坚持一定要等到子聪好了以后带他一起返港，子聪也拗不过她。

“三姐，答应我一件事好吗？”

“你讲？”

“过得不开心就离婚吧，姐夫早已经有了第二个女人，还在外面生了孩子，我们全都知道了。”

她垂下眼睑，仿佛合上了她沉重静默的痛苦，仿佛这样便不会被人发现。

“还有，以后我来照顾爸爸，你顾好自己的事情就好了。”

“这些你都不要担心，只要你……”

“我不会再出事了，我保证。”他恳切地看着她。她只好点点头。

他已经可以走动了，喝完了粥以后便缓缓地在病房里踱着步子，不时走到窗前望向不远处的悠悠苍山。

山中七日，他如同轮回了七世，把所有的可能都筛选了一遍，最后决定在废墟上重建一个自己。毕竟生活别无他途。

高大壮的狗镇往事

人与人之间喜欢虚与委蛇，
我们狗可不会。

【1】

大理的秋天来了，天蓝得更加明丽，更加高远。

这应该是我生命中最后一个秋天。

在这个万物活动趋向休止的季节，我趴在阳台的躺椅上面朝苍山回想我这一生，唯一放不下的只有豆蔻。

哦，我的豆蔻！一想到她，我的心像被一只拳头紧紧地攥住，我的身子忍不住缩成一团，阿俏以为我年老畏寒，又给我加盖了一块毛毯。

刚刚我不小心睡着了，半梦半醒间感到身边多了什么东西，不很重，不很大，很暖很软的一个小东西。我一睁眼就能看清那是什么，但我没有。我依旧蜷缩着，眼皮子像下水道口的水泥盖子一样沉重地扣在我的眼睛上。我宁愿永远这样沉睡，因为只有在梦里，豆蔻才会回到我身边，像现在这样，她小心脏跳动的节奏总抢在我前面半拍，她茸茸的呼吸有时会送到我的唇边，撩动我的胡子。我想象着她有点噘着的小嘴，还有那双深如刀刻的双眼皮，还有她气吞山河叫我“高大壮”的样子。而这一切，只要我醒来就会不在。

在大理这个小镇，我已经是狗中长者了，平时我走在街上，一路不断有人喊我的名字，跟我打招呼，人气可旺了。

我能活到这个岁数，全赖我有个好主人。我的主人叫阿俏，是个广东女人。十三年前，她独自一人来到大理定居。

那一年我还是只流浪狗，我的理想是吃遍天下骨头、搞遍天下母狗。当我在吃遍天下骨头之前，非常励志地翻遍了天下垃圾，我的灵鼻能在两秒钟内准确辨别二十八种臭气，腐鱼烂虾的腥臭，烂菜叶子的酸臭，屎尿污物的恶臭，等等，并从中找到能够下嘴的食物。我从邓川沿着214国道一路向南流浪到大理镇，与无数个家养或流浪的母狗邂逅，与无数彪悍排外的公狗打斗，直到在南门城墙下遇上了我的主人阿俏。

那一年我三岁，有扎实的胸肌和明亮的眼睛，四肢矫健地能直接从城墙的楼梯上飞跃下来，落地比体操选手还要稳。阿俏一眼就喜欢上了我，于是把我带回了家，为我起了这个威风凛凛的名字。

那时候，我和阿俏住的院子可不像现在这么漂亮，只是一座破破烂烂的石头房子而已。阿俏喜欢一个人待着，偶尔出门去买些菜和日用品，剩余时间里经常会爬到屋顶上，那里可以看到东面的洱海和西面的苍山，还可以看到古城全貌。她长久地望着远方，像今天的女人们等快递一样虔诚。每当这时，我总会走过去趴在她脚边，把肚皮朝天翻过来，用脑袋蹭蹭她的腿，她只摸摸我的下巴，什么也不说，但是我能感受到她指尖透出的哀伤。

那个院子里只住着阿俏一个人，但是所有生活用品都是双份儿的，浴室里有两把牙刷，有两双拖鞋，喝水的杯子、洗脸洗澡的毛巾、吃饭的碗筷和勺子，都是成双成对的，从颜色、样式以及拖鞋的码数来看，那个一直缺席的人是个男人。

我跟阿俏住到第三年的时候，那幢破房子在雨季的一个夜晚塌了一半。幸好我跟阿俏睡在没有塌的东屋。在那个风雨交加的夜里，阿俏在我的凄厉狂吼中惊醒，抱着我从摇摇欲坠的屋子里逃出来，在院子里的大树下坐到天亮。待到天亮的时候，我们才看清了坍塌的惨烈程度，昨夜能捡回两条命来实属大幸。

阿俏看着那座塌掉的房子，眼泪静静地淌下来。

天亮以后房东慌慌张张地赶来，看到我们一人一狗平安无事直念“阿弥陀佛”，阿俏擦干眼泪，重新跟房东签了合同，她续租了二十年，回广东把自己的房子卖了，拿了钱回来把这个院子重新建了起来。

二十年，对于我们狗类来说，相当于永远了。

阿俏真是一个执拗的女人，我的豆蔻也一样。

【2】

我跟阿俏相依为命至今已有十三年，我的“永远”快要到了。我对自己的一生感到很满意，有两个女人，哦不，一个女人，一只母狗，曾经爱我如生命。当然，我也爱她们。只是，事业和爱情不能两全，六年前，为了忠于主人阿俏，我放弃了深爱的豆蔻。

我无比怀念跟豆蔻一起徜徉街头的时光，我们曾一起丈量过这小城里的每一块青石板，月下无人时在街角拐弯处有过无数次欢爱，无数个这样晴好的秋日里，我们一起躺着，互相给对方顺毛，我讲笑话，她笑得直打滚儿。

豆蔻也是只小土狗，长得并不十分漂亮，腿不算长，腰也不算细，一身灰毛，只有一双圆圆的眼睛光芒四射。她来到大理城的时候才两三个月大，至于是两个月还是三个月，没人记得那许多，因此，我也就从来没给她过过一个生日。倒是我的主人阿俏，给我过过很多个热闹的生日，她也不知道我哪天出生，但是她以捡到我的那天作为我的生日。对啊，阿俏捡到我的那天便是我的重生之日，而豆蔻，她的重生之日大概是她离开大理城的那天吧？

豆蔻的第一任主人是人民路开饭馆的两口子，他们在阁楼上存货，老是被老鼠偷吃，养了只猫不管事儿，便弄了只狗回来——就是豆蔻。

她小时候圆头圆脑圆屁股，鼻子、嘴巴、眼睛也是圆的。她的女主人正在装卤肉料包，手里抓了一撮干豆蔻，看她圆滚滚滴溜溜的小样子，就随口说了一句“就叫豆蔻吧”，这样她便有了名字。

豆蔻小时候脾气很大，因为伙食好，所以长得肉滚滚的。我第一次见到豆蔻是跟着阿俏去买菜时路过饭馆门口，她正抱着一根大棒骨在啃，骨头太粗，她张大了嘴啃得满脸口水。我看了一眼那骨头，只是粘着些筋皮而已，根本没有肉，她却啃得津津有味。她看我在瞅她，以为我馋她的骨头，放下骨头腾出嘴来奶声奶气冲我“汪汪汪汪”叫了一大串，还斜着眼睛看我。她那幼稚可笑的样子把大家都逗乐了。我大狗不计小狗过，并没有跟她计较。我每天跟着阿俏吃香喝辣，哪里会稀罕她那没肉的大棒骨。

豆蔻说她小时候对我一点儿印象都没有，说这话时她风华正茂，一双妩媚电眼，小屁股浑圆，人民路一半以上的公狗都在对她跪舔，她眼里没有我太正常不过了。可是不管怎样，后来她还是被我俘虏了，死心塌地地爱上了我。

那是年终岁末的时候，有一只半老黑狗闯进了大理城，这家伙住在银桥镇。过年时主人要杀他吃肉，被打得七窍流血放在铁盆里浇开水脱毛时，他突然醒过来逃脱了。他拖着残躯逃过村民的追杀，一口气跑到大理，但是，大理的狗们并不欢迎他，因为他破坏了流浪狗的规矩。古往今来，天下的流浪狗都要比家狗低一等，他们只能风餐露宿，去垃圾箱里拣食吃。这只半老黑狗毕竟也是家养的，又没进过城，所以不太知道这城里的规矩，他竟然跑到以泼辣机灵著称的豆蔻碗里抢食吃。豆蔻一嗓子嚎来了七八条狗，其中几条迫不及待想向豆蔻献殷勤的公狗率先冲上去开战，可是黑狗战斗力爆强，竟然以一敌众，把那些小屁狗们咬得落花流水。怪只怪那些小年轻们不懂战术，这种战况还得由我这样经验丰富的老将出马。我看准了他的后脖颈上一块被开水烫开的伤口，直击要害，痛得那厮屁滚尿流，夹着尾巴逃跑了，群狗将他轰出大理城外，从此再不见他踏足大理。

那时候我在阿俏家养尊处优已经好久不曾出战了，这一战证明我高大壮宝刀未老雄骏不减当年，那些初出茅庐的小伙子们纷纷奉我为大哥，小豆蔻也被我威风凛凛的雄性气概所折服。

老了以后，我经常想起当年被我咬中创口落荒而逃的黑狗，不知道他后来过着怎样的生活，是否因为我那一口而丧了命，但愿他能够遇上阿俏这样重情重义的好主人。我想起自己当年的流浪岁月，要不是阿俏，我不知会落得怎样的下场。

咬伤流浪黑狗其实是我忘本，是我以强欺弱，但是这不光彩的一战却使我赢得了豆蔻的芳心。从那以后，她经常对我示好，路上遇到了总是冲我抛媚眼，也常偷偷叼些小零嘴儿来跟我分享。我在家里好吃好喝的，根本不稀罕她那些玩意儿，但我还是会象征性地舔一舔，然后让给她吃。她也就老实不客气地全吃光，然后把肚皮翻过来躺在地上一边蹭痒痒一边听我讲故事。

我曾给她讲过很多我年轻时候的事情，比如我是如何拳打南城门，脚踢北菜市，踏平果子园，征服月牙塘，还有我当年曾经跟多少母狗混战于苍洱之间。咳咳，我讲得难免有些夸张，但是大多都是有原始素材的。不过，我的故事止于三岁，止于被阿俏带回来的那一天。在那以后，除了与银桥黑狗一战，我再也没有什么辉煌战绩。我每天待在阿俏精心布置的院子里，吃饱了就睡，睡醒了就拉，陪阿俏出去买买菜就算是锻炼身体了。但是豆蔻完全沉浸在我营造的英勇故事里，把我当成了天地间最大的英雄豪狗，渐渐地就非跟我好不可了。

【3】

也不知从哪一天起，大理的游客开始越来越多了，豆蔻主人家的饭馆生意越来越好。文艺清新的酒吧、客栈、咖啡馆如雨后春笋般纷纷冒出来，这些外地老板们来到大理落下脚来第一件事就是养狗，而且要养纯种的漂亮狗儿，一时间金毛、古牧、哈士奇、阿拉斯加等中看不中用的宠物狗竟然成了主流，土生土长的土狗都被挤得没有了容身之处。我的主人阿俏也把小院改建成了客栈，别人纷纷劝她养一条漂亮点儿的纯种狗，比如萨摩耶啦，博美啦，还有人给她送狗，她都不为所动。每次来客说过这样的话以后她就要跟我谈一谈心，捧着我的脸告诉我，她只爱我一个，把我感动得稀里哗啦，我发誓一定要用加倍的忠诚回报她。

豆蔻就没有这么幸运了，她虽然依旧替主人守仓库，抓老鼠，但是明显开始被主人嫌弃了。因为经常有客人一看店里有狗就不来吃饭，男主人嫌她吓走了客人，动不动就踹她，饭也不肯好好给她张罗，只任她每天捡些客人扔下的骨头或剩饭吃几口。她经常来找我诉苦，我毫不犹豫叼出自己的牛肉棒跟她分享，我的主人也不介意。我不由得感慨自己命好，你看，狗各有命啊，有一个善良有爱的主人是多么重要！

有一次豆蔻在桌边捡骨头啃，客人起身的时候不小心踩到了她的脚，她痛得凄厉大叫，客人收脚不及摔了一跤，弄得满身油污。这只是一个意外而已，但是那个客人不依不饶，硬说是豆蔻咬了他，虽然没有伤口可证明，但是人家硬要店主人给个说法。主人为求息事宁人，狠狠地将豆蔻踹了几脚，踹得她“呜哇”叫。可怜的小豆蔻无法自证清白，只好含泪找我来哭诉。而我，除了给她舔舔毛，给她两根牛肉条，也没能为她做些什么。

过了不久，豆蔻快满一岁的时候被饭馆的主人送给了一家开银器店的熟人。银器店历来是小偷们最爱光顾的，因为营业款比别的小店多，哪怕偷不到现款，抓一把银镯子也值不少钱。虽然银器店里的东西真假难辨，但是小偷们自有办法分出哪是真金哪是假银来，因此，银器店的老板晚上一般会住在店里看守，可是小偷盗艺高强，根本防不胜防。所以，养只狗帮忙看店是个不错的主意。

银器店在玉洱路，离阿俏的客栈不远，因为白天没有看家任务，所以我和豆蔻几乎天天在一起玩耍。

那时候的天也像现在这么蓝，那时候的街巷比现在更安静，也更干净。豆蔻已经长成一只亭亭玉立的母狗了，我们并肩漫步，踏遍了小镇的每一块青石板，彼此许诺永不分离。我们自由自在，相亲相爱，见到那些被主人拴着狗绳的蠢货宠物狗们便心中快意，觉得他们真可怜。

我和阿俏住的这条巷子很快开满了客栈，并且家家都养了狗。最兴旺的时候，巷子里一共有两条萨摩耶，两条金毛，一条边牧，一条古牧，一条雪纳瑞，他们的任务都是撒娇卖萌讨人欢心，唯有我，是有正经工作的——看门。同时，我也拥有他们所没有的特殊待遇——自由。我可以随时随地离开家出去闲逛晒太阳，因为我不管走多远都记得回家的路。而他们，只有在主人有空时才被领着出来放风，因为怕跑丢了还要拴着绳子。我替他们感到悲哀，“不自由毋宁死”，他们是不懂的。

在这群无知的狗中，“两生花”客栈的公狗古牧还算有点慧根，他是我的粉丝。因为他的眼睛常年盖在长毛之下不见天日，所以我管他叫瞎子。每当我跟他谈话的时候，更觉得他像个瞎子。比如我问他：“你们家客栈最近生意怎么样？”“你家男主人带小三回来滚床单你看见没？”“你家女主人在她的琴盒里藏了大笔私房钱，没被人偷去吧？”他总是茫然地回答我“不知道啊”“没看见啊”“没注意啊”，然后说“高大壮，你怎么啥都知道？”但是你说他瞎吧，当五十米外的巷子口有母古牧走过的时候，总逃不过他的眼睛。他会奋起挣脱主人手里的绳子，死皮赖脸冲过去，为了跟那母古牧磨蹭半分钟，然后被主人揪回来暴揍一顿。

这些宠物狗里面，我最欣赏的是隔壁“二狗”客栈的边牧二饼，这家伙智商一流，在大理狗圈里排名仅次于我。他虽然平时也被关在院子里，但是出门的时候是不用拴绳子的，就凭这点，他就比别的狗让我高看一眼。但是他却瞧不上我，因为比起他们宠物狗，我长得不够好看。我不怪他，像他这样的愣头青公狗，一天到晚除了想母狗就没有第二个心思，哪里懂得什么狗生真谛。人类有两句话叫作“生命诚可贵，爱情价更高，若为自由故，二者皆可抛”，自由才是这世界上最可贵的东西，像二饼这样的宠物狗，就算智商高到天上去也是不会懂的。

二饼这厮没有固定的女朋友，跟曹操一样，专好搞人妻，并且不论品种，只要身材合适能够得上的他都不放过。以至于我们这一片狗圈的血统特别乱，周边人家配狗都不愿找我们这片儿的狗，导致本社区公狗的“性福”事业大打折扣，大家都恨二饼恨得牙痒痒。“上品咖啡”的一黑一黄两只高个子杂种狗，名叫巧克力和咖啡，都是二饼的儿子。兄弟俩为了这事儿恨透了他们的爹，见了他就咬，帮众公狗出了一口恶气。

【4】

后来二饼迷上了红龙井那边一家茶叶店的母狗兰花花。兰花花才四五个月大的时候，丫就常去培养感情了。逛街时前后左右保护着她，不让别的公狗靠近，帮她舔毛借机揩油，给她嚼舌根讲些荤段子，顺便编排我们镇上的所有公狗，让她对我们没有好印象。不过我是不介意的，因为我早已跟我的豆蔻心心相印至死不渝。别的母狗再漂亮，我也不会多瞧她们一眼，别的公狗再雄壮，豆蔻也不会摇一下尾巴。我们觉得自己是世界上最幸福的狗。

在豆蔻两岁半的时候，我们的爱情结晶诞生了，一共是三只小灰狗，都是母狗，长得都像她们的妈妈豆蔻。三个孩子满月后银器店的主人准备要送人，豆蔻知道了就来找我要主意，我没加细想就脱口而出："送人就送人呗，咱们不也是这么过来的吗？"豆蔻大吃一惊，随之顿脚大哭，骂我没人性。我丈二和尚摸不着头脑，我本来就不是人啊，哪儿来的人性呢？豆蔻哭着说："高大壮！那可是你亲生的崽儿啊！"我一头雾水："我也没说不是啊。"豆蔻咬牙切齿地说："好，好，你不管，我自己想办法。"我一听赶忙拦住她，问她想怎么着。她说："我带着孩子离家出走，做流浪狗去。"

我这才意识到问题的严重性，豆蔻真是太幼稚了，都当妈的狗了，怎么还能这么幼稚呢？于是我晓之以理动之以情，告诉她"儿孙自有儿孙福"，各种大道理小道理一顿胡侃，终于把她劝得回心转意，含泪看着小崽子们一个个被送走。

豆蔻虽然被我说服任孩子被送走，没有再吵闹，可是从那以后，她对我不再那么热情了。我百思不得其解，只好找隔壁二饼兄弟一起吟风弄月。二饼哥不愧是真汉子，浪狗回头金不换，自从跟兰花花好上以后再也不四处寻欢，这点儿痴情专一跟我挺像的，于是我对他的欣赏又多了一层。而跟他一起长大的母萨摩耶幺鸡我却一直看不上，虽然她是远近闻名的大理第一美狗。我不喜欢她不是因为我没法儿上她，我是看不惯她那个蠢劲儿。

幺鸡从小就美貌惊人，人称“微笑天使”，咧嘴一笑男女老少通杀，她家主人老卢还用她小时候的照片参加宠物摄影大赛得过奖。但凡漂亮些的母狗一般都没什么脑子，幺鸡就是个典型。她不认家，一年365天要用绳子拴着，也不认主人，见了谁都跟亲爹妈似的。她们雪橇犬家族都那样。除了这些，她们还有很多缺点：吃得多拉得多，而且肠胃特差，三天两头拉稀，依赖性特强，非得有人陪，破坏力也特强，没人陪的时候除了“汪汪”狂叫就疯狂撕咬，逮什么咬什么，老卢家布艺沙发被掏了个底儿空，手机相机放在茶几上也被咬，养的花花草草屡遭荼毒，为此幺鸡没少挨打。依我看，打得好，打得妙，身为一条狗，不能给主人看家护院就算了，还净捣乱，这种熊狗子就得多打几顿。

可是，这样中看不中用没脑子的花瓶还偏偏人见人爱。她一成年，附近就有好多人家前来求亲，还有预订小狗的，对此我只能说：哎，愚蠢的人类！老卢夫妇乐得天天张大嘴亮着后槽牙，他们经过精挑细选，给她选了“冰点”客栈的公萨摩大拿做老公。巴巴地培养了半年感情，在她第三次发情的时候，成功配了种。大拿占有了大理最漂亮的母狗，着实美了一阵，走路都大跨步耀武扬威的，也不怕扯着蛋。

两个月后，笨狗幺鸡产下了四只糯米糍似的小萨摩，婆家娘家都高兴坏了。老卢尤其上心，每天早晨去菜市场买新鲜鸡肝回来给幺鸡补身，还熬了通草猪蹄汤给幺鸡下奶，给每只小狗都做了记号，画表格记录小狗的吃奶时间，每天给小狗称体重，伺候得那叫一个周到。可是，笨狗幺鸡却不会带孩子，小狗吃完奶，她也不给人家舔身子帮助排泄，老卢急了，亲自上阵帮吃奶后的小狗揉肚子，经常揉得一手屎。尽管这样，几只小狗还是往下掉秤，没几天就不怎么叫唤了，第五天死了一只，第六天、第八天又各死一只，到第十天，最后一只也没保住。老卢哭得如丧亲子，我在隔壁听着都不落忍。幺鸡身为母狗居然不会带崽，笨得出了名，老卢夫妇为免悲剧重现，狠心带她去做了绝育。从那以后，幺鸡就只能负责美了，成了真正的花瓶——当然，作为花瓶，她的美貌确实是够分量的。

我经常去找二饼的消息传来传去，竟然开始有人恶意诋毁我，说我是“醉翁之意不在酒”，找二饼闲唠是假，趁机勾搭幺鸡是真，听得我怒不可遏，急忙去找豆蔻解释。出乎我意料的是，豆蔻既没跟我哭闹，也没叫我赌咒发誓啥的，而是像以前一样温柔如水地偎着我，嗲声嗲气地说：“亲爱的，我相信你对我是真爱。”我猛点头，顿时觉得我的豆蔻长大了，不再是那个爱撒娇霸蛮的小娇妻了。她接着说：“既然你这么爱我，如果我要你带我浪迹天涯，你愿意吗？”我顺口就说：“一百个愿意。”她精神一振：“那就好，我们明天就离开大理！”我顿时张口结舌说不出话来，压根没想到她是玩儿真的。她看我一脸不信的表情，坚定地说道：“我已经想了好久了，我们明天就离开大理，你知道吗？主人要带我去做绝育！可是我还想要很多很多宝宝呢……”说着说着就泪如雨下。母狗的眼泪真是让我难以招架，我手忙脚乱地安抚着她，帮她舔去眼泪。她说：“我想清楚了，如果我们要自由自在地生活，还是去做流浪狗吧，那样我们就可以自己养育自己的孩子，永远不跟她们分开了。”听完她的话，我不由得陷入了沉思。

【5】

在逐渐热闹起来的大理，大多数狗都和我和二饼他们一样，过着衣食无忧的生活。每天定时定点开饭，伙食还不差，陪客人玩得高兴的时候，客人还会格外喂些好吃的。晚上睡觉有专用的狗窝，晴天晒不着，雨天淋不着。主人其实就像用人一样，伺候吃伺候喝，定期伺候洗澡、梳毛、剪指甲，定期打虫除虱，有些狗还定期去做美容。大家都有名字，像有钱人家的公子小姐一样，有些狗还穿量身定制的衣服鞋子，漂亮的母狗们还戴蝴蝶结和带蕾丝边的发夹。主人既花钱又出力，为我们做这一切，我们只需要付出“陪伴”即可，所以说，大理是狗狗的天堂。但是，长期生活在主人精心照顾之下的狗狗，一旦离开主人，等于遭遇灭顶之灾。

说到这里，我想起一只小博美当当，起初她的主人也是开客栈的。在大理，各色各样的狗狗几乎是客栈的标配，谁家客栈没养狗，那就是一家残缺的客栈。当当的主人本来是对小狗无感的，看大家都养，也就抱养了当当回来。博美个头小，吃得也不多，除了要经常给梳毛，算是比较好养的。所以，当当小时候，跟大理其他客栈的狗狗一样，生活得无忧无虑。可是好日子过了还不到一年，主人两口子就因为各种不合天天大战，可怜的小当当从此就经常缺食少水。没多久它的主人们就决定离婚了，他们把客栈转让出去，各自分了一笔钱。其余也没有什么可分配的东西，唯一需要判定归属的就是当当，但是他们都说要离开大理去其他城市生活，以不方便携带为由不愿意带当当走。二人为此谈不拢，也就没有再谈了，先后拎着各自的行李离开了大理。我们的小当当，从那以后就变成了流浪狗。

她个子矮小，在弱肉强食的流浪狗圈子只有被欺负的份儿。流浪一个月后，就变得“判若两狗”，本来就瘦小的身形又瘦小了一大圈，全身的毛都打结了，脏兮兮的，几乎看不出本色，谁也无法想象她从前整齐光鲜的模样。她从小娇生惯养身体孱弱，没多久就病了。有一次，她为了在游客脚下捡半个小笼包吃被路过的一匹马一脚踏中，断了一条后腿。

她全身颤抖着拖着断腿慢慢走到南水库，在草丛中找到一只破枕头疲惫地歇息下来。我发现她的时候，她的身边已经聚满了苍蝇，全身只剩一双眼睛还能略微动一动，连水都喝不进去了。我守了她一天，她已没有力气流泪，静静地，一点一点地死去了。第二天，清洁工人把她的小身体运走，不知埋在了什么地方，从此她就在这世上消失了。

每次想起当当，我就会想起自己当年的流浪岁月。其实，流浪并不是那么浪漫和美好的事情，什么天边飞翔的小鸟，什么山间清澈的小溪，什么宽阔的草原，什么橄榄树，什么鸽子，通通不是那么回事，我流浪过，我懂！可是，豆蔻不懂，她还年轻，不知道这个世界有多么险恶。另外，如果我们的小狗崽子可以选择的话，也许她们宁愿被家养着，而不是过风餐露宿、食不果腹的流浪生活。如果不能接受和孩子分离，那么，绝育也许是一个正确的决定。即使豆蔻失去了生育能力，我相信自己对她也能像二饼对兰花花一样永不变心，但是豆蔻狗小主意大，我们没能达成共识，大吵一架以后不欢而散。二饼作为“过来狗”劝我，母狗嘛，总是容易感情用事，她以后会懂你的良苦用心的。

那段日子，我除了跟二饼厮混，哪里也没去。我很想念豆蔻，但是并没有去找她，我想等她头脑冷静些以后再去找她。当然，也有可能她从此再也不理我了，想到这里，我的心头一阵一阵发酸。我眼看着她长大，想起第一次见面，她冲我奶声奶气地叫嚷；她第一次来找我，给我带骨头；她抓到第一只老鼠，兴冲冲地叼来给我；我们第一次相拥着过夜，第一次鱼水之欢……即使我今天昏聩老迈，想起来依旧清晰如昨。我的豆蔻，你是那么令我难以忘怀。

【6】

那一次，我以为我们将要就此分手，可是我心爱的豆蔻并没有抛弃我，她委曲求全地顺从主人做了绝育手术，陪我留在了大理。我觉得大事已定，以后不会再有烦恼了，可是，事情的发展并不像我想的那么简单。

大理的狗越来越多了，开始三天两头有人丢狗，并且丢的都是好看的纯种宠物狗。最初是小型犬丢得比较多，后来发展到大狗也开始丢，人们这才意识到这些狗有可能是被蓄谋偷走的。因为大狗并不好控制，要想短时间内强行带走且不被主人发现是件有难度的事情。除非是事先准备好麻醉药之类的东西，再准备好运输工具，才有可能掩人耳目不留痕迹地带走。

我的粉丝，“两生花”客栈的瞎子——那么肥大的一只古牧竟然也丢了。他的主人骑着车子把古城跑了一百八十遍，问遍了所有人，又贴了无数份寻狗启事，依旧没有找回来。豆瓣同城小组里，每隔两天就有人发帖寻狗，可是从没听说有找回来的。于是，大家把狗关得更死了，生怕一个眼不见就被人给偷了。二饼的放风时间也更少了，我经常跟豆蔻一起帮他跑腿，去红龙井看兰花花。

我和豆蔻依旧每天见面，因为我们是土狗，除了这身肉，值不了几个钱，而那些纯种宠物狗们随便就可以卖个一两千。以前我们土狗界和宠物狗界是没有什么官方往来的，甚至互相都有些看不起，我们土狗嘲笑宠物狗们的无能和谄媚，宠物狗们骂我们土鳖、丑八怪。而这时候，那些作恶多端的偷狗贼消弭了我们之间的矛盾，使我们空前团结。我和豆蔻的关系也空前亲密，经过了多年的磨合，我们已经由磕磕绊绊的少年夫妻变成了默契十足的中年伴侣，很多时候一个眼神、一个动作就足以表达一切，语言甚至是多余的。外界纷乱的危险使我们更觉对方的重要和珍贵，我们虽然不再将甜言蜜语挂在口头，却早已在心里许下了同生共死的诺言。

客栈主人们结成了一个爱狗联盟，在我们家开了个大会，共同商议怎样对抗、反击偷狗贼的无耻行径。大家建了QQ群，把爱狗的照片都上传到空间里，大家都混个熟面孔，又统一做了一批脖圈，上面有狗狗的姓名和主人的联系电话。还约定了，不论谁家丢狗的时候大家都要一起帮忙找。当然，最有效的是，每家每户店铺门口、路口过道装上摄像头，这样追查起来就不再像无头苍蝇。

我是当时爱狗联盟里唯一的一只土狗，阿俏给我戴上爱狗联盟定制的脖圈，并对我说："你可一定不能跑丢了哦，妈咪不能没有你哦。"以前阿俏自称"妈咪"的时候我总是替她觉得难为情，因为我并不喜欢像宠物狗一样被当成孩子，更没有把她当成我的妈妈，但是我感觉得到她对我的深爱，我决定要永远对她忠诚。这世上的两个女人，哦不，一个女人，一只母狗，她们都是我的最爱，我要对她们负责，陪伴她们一生一世。

丢狗的情况后来就变成了常态，一直延续到今天。不断有狗狗凭空消失，主人们起初疯狂地寻找，实在找不到也只能罢手。后来人们才知道有专业的“偷狗贼”入驻大理了，他们经过专业训练，有专业工具，有据点，有分工，有销赃流程。那些被偷走的狗们，据说有的被卖到保山，有的被卖到瑞丽，还有些到昆明后集中运往广东，然后出现在餐桌上。

银器店老板的儿子一直羡慕别人家养的漂亮的宠物狗，某天，不知从哪儿抱回来一只黑泰迪，豆蔻的太平日子一去不返了。她仍然吃的是剩饭剩菜，可是黑泰迪吃的是骨头和肉，晚上睡觉时豆蔻睡楼下地板上，黑泰迪被老板儿子抱到楼上自己床上搂着睡，这样的区别待遇让豆蔻很生气。有一次，老板儿子给了黑泰迪一小碗牛奶，黑泰迪“吧嗒吧嗒”喝得那个香啊，豆蔻在一旁馋得不得了，想要靠近却被一脚踢出去老远，直到黑泰迪喝完以后，才让她上前舔了舔碗。这些遭遇我听了都气得七窍生烟，火暴脾气的女汉子豆蔻当然不能忍受。大家都是狗，凭什么泰迪就比土狗要高级？于是，她没事就欺负黑泰迪玩儿，大多数时候不会被发现，有时候被主人发现也不过踹一脚。黑泰迪还是只小奶狗，没有什么领地意识，经常犯贱来豆蔻碗里抢食，或者在豆蔻占据的门槛处撒尿，豆蔻每次都咬他没商量。

这样的事情多了，老板儿子就对豆蔻更不满了，便动了心思要将她送走。老板的鹤庆老乡有很多在下关那边也是开店卖银器的，他就随意挑了个人，人家过来串门的时候就让他顺便把豆蔻带走了。由于事发突然，豆蔻被送走时我一无所知，隔天我去银器店没见到她，还以为她只是上哪儿玩去了，或者是在楼上睡觉。

【7】

拴着绳子的豆蔻被新主人用电动车带到了下关，一开始她很慌张，不知如何是好。但是她以前是跟着主人去过两次下关的，她凭借超常的记忆力当天晚上便往回跑，顺利地找到了214国道，一路狗不停蹄地沿着国道往北跑，第三天就回到了大理。

当她风尘仆仆出现在我面前的时候，我还不知道发生了什么事。她心有余悸地把事情经过告诉我，看着她满身疲惫、惊魂未定的样子，我真是心疼极了，马上给她水喝，给她吃牛肉条。等她睡着了，我开始考虑解决的办法，我觉得阿俏这么有爱心，一定不会拒绝如此乖巧懂事的豆蔻，就让她以后住在我们家吧，我们一家三口相守到老。

可惜的是，阿俏并不懂我的心思，她也不知道豆蔻现在的处境，几天之后，她遇到银器店老板的时候透露了豆蔻在我家的消息。银器店老板娘心软，把豆蔻送走之后，回想她的聪明懂事就有几分后悔。看她竟然能自己从下关跑回来，真是又惊又喜，当即宣布，要好好留下来养，再不会送人了。于是，豆蔻又被她主人带了回去。刚回去的那段时间，她和主人一家的关系暂时回到了当年的“蜜月期”，骨头和肉汤都有她的份儿了，偶尔欺负黑泰迪也不用挨踹了。

豆蔻顺利回到主人家，我很为她高兴，可是她显然不这么想。她说，她永远也忘不了那种被抛弃的感觉。她回来以后，虽然待遇跟从前两样了，但是她对主人的心肠也两样了。她再也不跟主人一家亲热，每天早上一开店门就跑出来找我玩儿，晚上一声不吭回去睡觉，主人叫她时，她也不再马上过去了。主人一家也看出来了，日子一久，又对她冷淡了下来。由于豆蔻经常在我这儿过夜，晚上不回家看店，她的主人干脆把她拴了起来，偶尔才放她出来跑一跑。

豆蔻变得很不快乐，她再次提起要跟我浪迹天涯的事情，我们再度大吵。

她说："我在这个地方待够了！我失去了我的孩子，失去了再做母亲的权利，现在又失去了自由，这样活着有什么意思！"

"好了，豆蔻，我理解你的痛苦，宝贝儿。但是现在偷狗贼这么猖獗，下老鼠药的人又多，你出去流浪不是找死吗？"

她冲我咆哮："高大壮，'不自由毋宁死'不是你教我的吗？你当年的豪情壮志去哪里了？"

我竟无言以对。

是啊，年轻的时候谁不向往自由和远方呢，即使身不能至，也要做出向往的姿态。可是我早已不再年轻了，我已经快十岁了。我皮松肉懒，早已抢不过那些年轻狗。我习惯了香喷喷的狗粮和牛肉条，垃圾堆里的食物光是闻着就作呕，更不可能下咽了。但是我的雄性自尊不允许我向她实话实说，我只能解释说主人对我有恩，我不能一走了之。

豆蔻瞪着我问："主人重要还是我重要？你以为你是谁，主人离开你活不下去吗？她找不到一只为她看门护院的土狗吗？"

我强硬地说道："她怎么样是她的事，我不能背叛一个对我有恩的人。”

豆蔻开始冷笑，我几乎不敢抬头看她。过了许久，她转身离去。我不知道接下来会发生什么，我预感到我的豆蔻将要离开我了，可是我无能为力。

几天后，豆蔻又来找我，我看她面色如常，以为她已经回心转意，高兴得差点跳起来，准备了一箩筐的山盟海誓要说给她听，只要她留在我身边，我一定永生永世对她好。

她淡淡地说，她跟主人去了趟才村。

才村是洱海边的一个小村庄，离大理古城三公里的路程。

她说那里还没有多少游客，村民以种田打鱼为生，家家养的是土狗，也没有偷狗贼，狗们就大剌剌地在村头走着睡着。言下不胜向往。

我沉默不语。

又过了几天，她再次过来，兴奋地说，她独自去了一趟才村，并认识了几个狗兄弟。

母狗不论到哪里，都是能受到欢迎的。我心里暗暗地想。

她手舞足蹈地说：“你知道吗？那村子里有条土狗叫‘二郎’，长得跟本地的土狗兄弟们不大一样，他说他是从日本来的，他的主人买他花了一万多呢，叫什么‘秋田犬’，你说可笑不可笑？就算是从日本来的，那也不过是只日本土狗而已呀，竟然花了一万多……大家都觉得他特‘二’，因为他的口音实在太奇怪了，哈哈哈哈……”

我沉默。

【8】

当豆蔻再来找我的时候，我知道最后的时刻到了。

我想像只鸵鸟一样把头扎进土里，可是我无处可躲。

没等她说出口，我已经崩溃了，我老泪纵横地问她：“你真的不能留下吗？”

她叹了口气，反问我：“你真的不能跟我走吗？”

我哽咽着说：“对不起，豆蔻。你也看到了，阿俏这些年是怎么对我的，作为一只顶天立地的公狗，我不能忘恩负义一走了之，我必须要报答她。她一个女人孤身在这儿，如果连条狗都离她而去，那对她将是多么大的伤害！我一想到我走了以后，她四处寻找的样子就觉得心痛。”

她一点也不惊讶，缓缓地摇头，说：“不用再说了，高大壮，你自己保重吧。”

“不！”我一个腾跃，拦在她面前，“我求你行不行，求你别走。”

她冷冷地看着：“给我一个理由。”

我一时语塞，我有什么理由阻拦她去寻找自己的幸福？我能给她什么？

她看我一眼，小鼻子耸了一耸，有些不屑地说：“什么报恩不报恩的，我看你就是舍不得主人给你的舒适生活吧？嘿嘿，生命诚可贵，爱情价更高，若为肉骨头，二者皆可抛。”

我虚伪的面皮被她毫不留情地撕下，血淋淋的简直惨不忍睹。我年轻时跟她吹过的每一个牛皮，现在都在抽打着我的脸，我自作自受！

她看着我失魂落魄的样子，似乎有些不忍，轻轻地叹了口气。

我记得她以前很爱哭，每临大事必跟我大哭大闹。而现在，诀别之际她竟然如此冷静，眼泪也没有一滴。我想，她的心早就死了吧。

过了好久，我才想起来问了她一句：“你去才村，有谁家收留你吗？”

她昂起头来，痛快地说："我不用谁家收养，我可以自己在外面找到吃的，田野里好多地方可以垒窝睡觉。兄弟们又都义气，他们愿意照顾我的。"

我忍不住醋意十足地说："是那个身价一万多的小日本吗？"

她皱着眉头看我。

我恨恨地说："身价一万多有什么了不起，还不是一只被人拴着养的哈巴狗！"

她轻飘飘地一笑，说："你以为你没被拴着吗？你只是没有狗绳而已，而你的心，早已被那些牛肉条拴得死死的了。"

这是豆蔻留给我的最后一句话。她撂下这句话以后，就头也不回地绝尘而去了，后蹄奋起，小屁股刚毅地跃动着，消失在小巷尽头。

从那以后，我再没有见过她，我被她临走的那句话深深地刺痛，很长时间都无法恢复过来。我不知道她是哪天离开大理的，也不知道她到了才村生活过得怎么样。大理和才村虽然只隔了三公里，但是这三公里都是农田，没有人家，所以，两地的狗狗素来没有建立双边关系。偶尔会有才村的狗被主人带到城里来看病——这是唯一可以打听豆蔻消息的机会，但是我放弃了。前三年，我都不能面对这个事实。

这三年里，巷子里的客栈几番易主，老邻居所剩无几。

我亲爱的二饼兄弟惨遭偷狗贼的毒手，他的主人老卢查遍了古城店家的摄像头，清楚地看到二饼是被偷狗贼套住脖子后抱上摩托车带走的。偷狗贼身手利落，一看就训练有素，从出手到得手整个过程不过十秒钟。爱狗联盟的狗主人们集体出动，翻遍了整个古城，最后在古城西北角一个石料工厂里挖出一个偷狗据点来，里面关了七八只没来得及转手的宠物狗，有蝴蝶犬，有贵宾，还有金毛和一只苏牧，但没有二饼。石料厂的老板拒不承认偷狗，老卢愤而把石料厂一顿打砸，后来赔了不少钱，伤心之下把客栈一转，就此离开了大理。

第四年，兰花花来人民路怀念二饼的时候死于车祸。不久后，人民路开始禁车。

游客越来越多，阿俏的客栈几乎每天满房，但她脸上的阴影越来越重。对于广东人来说，这里气候太干燥，食物也不合她的口味。一年一年过去，她等的人一直没有来，我不知道到底是什么样的男人值得她这样用一生去等待。她长得并不丑，性格又随和，最重要的是那么有爱心，我见过不少条件不错的男人向她示好，但是她通通拒绝了。也许每个人或者狗的内心深处都有着一段不敢触及的过往，就像我。

【9】

终于有一天，客栈里来了个男客人。他先是在外面不断地打量着房子，不时地摇摇头，再前后左右转一圈，又回到门前，然后非常迟疑地推开木门走了进来。

阿俏正坐在院子里晒玫瑰花，准备做玫瑰酱，猛然抬头见到他，整个人僵在那里失去了反应。我的直觉告诉我，这个男人不是一般的来客，他的光临对阿俏来说将是一场风暴。我等着阿俏的反应，如果她有一点点害怕或者厌恶的表情，我马上就会把这个男人赶出去，但是她没有任何反应。

过了几乎有一个世纪那么久，那个男人开口道：“哎，你还在这里。”阿俏轻轻应了一声“嗯”，然后眼泪“哗”地流了下来。他把她惹哭了，他竟然把我的主人惹哭了，这是个坏人！我毫不犹豫冲他龇牙吼叫起来，他吓得往后退了好几步。阿俏一边擦眼泪一边过来把我抱住，摸我的头，让我别叫。我在她怀里，能听到她擂鼓似的心跳声，我从来没见她这么激动过。她从来不哭，也很少大笑，总是安安静静的，我想，这就是她一直在等的那个男人吧。

她哭完以后就高兴地下厨做饭，还哼起了歌儿，我从来没见她那么高兴过，她甚至把我抱起来转了好几圈，很自豪地向那男人介绍我，夸我贴心又能干。但是那男人对我并没有什么兴趣，草草地点了点头，都没有伸手摸一下我的头。这种人我见多了，自以为高狗一等，我才不稀罕他呢。即使主人对他亲热得过分，我也不会有半分巴结，我是一只有自尊的公狗。

那男人在这里住了一晚，第二天就走了。事实上，那一晚，他并没有住下，他跟阿俏彻夜都在争吵。

那男人说："对不起，我没想到你一直在这里等我，我以为你早就离开了。"

我听到阿俏对他说："你知道吗？这个房子在你走后第三年塌掉了，我差点被埋在里面。"

那男人沉默不语。

阿俏又说："其实我早就猜到了这个结局。"

那男人依旧沉默，就像我面对豆蔻一样，做不到的时候最好不解释、不争辩，沉默是金。看来天下的雄性动物都一样。

阿俏又说："你走吧。"

那男人终于开口了，他说了三个字："对不起。"

阿俏似乎已经无法呼吸，双手捧着胸口，像捂着一个巨大的伤口，手随着胸膛剧烈地起伏着，脸在控制不住地颤抖，许久，许久，似乎是攒集了全身所有的力量才开口："不要跟我说'对不起'，我不是为了等你才留在大理，我只是喜欢这儿的生活而已。"但是说完这句话她的眼泪又出来了。

我再也忍不住，冲进去对着男人吼叫了起来。虽然他是个壮年男人，我不过是只老年公狗，但我是不会对他示弱的。

我龇牙咧嘴的凶样子把他吓坏了，他生怕我真扑上去咬他，都不敢正眼看我，一直往阿俏身后躲。阿俏大声喝止我，但是我并未停止对男人的敌意，人与人之间喜欢虚与委蛇，我们狗可不会。

阿俏把那个男人赶出房间，一把搂住我大哭起来，我也很难过，但是我什么也不能做，只是温柔地舔她的手，像我以前安慰豆蔻一样。

那男人走后，阿俏心灰意冷，有天我听到她跟朋友通电话，说等到把我送"走"以后她就离开大理。她对我，真是有始有终。我也将对她有始有终。但是，在我离开这个世界前，我还想见一见我的豆蔻，我曾经许诺要对她有始有终却最终亏欠了一生的爱人。

当到我想打听豆蔻的消息时，已没了线索。他们都说不认识她，都说才村没有一条外来的叫豆蔻的母狗。我想了千万种可能，也许豆蔻离开了才村，又去了龙龛或者是下鸡邑村，又或者，她改了名字，不再叫豆蔻了，又或者，她故意叫他们这么说，不想让我知道她的消息。我最不愿承认的是，也许她早已不在这个世界上了，我的小豆蔻，那么机灵那么可爱，她一定能好好地活下来的。

环海路通车了，才村也开始跟古城一样挤满了游人，开满了客栈、餐馆、酒吧，其喧闹程度不亚于古城。

我听到才村一年一年地沦陷，开始为豆蔻担心，这么多年过去，她已经不再年轻，不知道她有没有妥善的安居地。她拖着那老迈的身躯，又再到哪里去寻找她的乐园？

我越来越老，身边已没有朋友，十几年下来，阿俏也老了，我们的客栈也老了，木地板开始翘起，天花板开始渗水，遮阳伞歪歪斜斜不成样子，只有多年前种下的那些植物一直欣欣向荣。植物真好，它们可以永生，并且永远年轻。

【10】

在我还能走得动的时候，我曾经试图亲自去才村找豆蔻。

我刚到才村路口，就被两只健硕的黑狗盯上了，看来他们的编制比我们大理要正规得多，竟然还有狗专门守着进村的路口。

我老得路都快走不动了，这时独自对阵两只年轻土狗，心里略微有点惴惴，不过怎么着也是做过大哥的狗，不能失了身份。当下略摇了下尾巴对他们说："两位小兄弟好，我从大理来的，上这儿找个人——哦，不，找只狗。"

年轻狗就是不懂事，竟然也不问问我的名号，斜着眼睛问我："找谁啊？"

为了我的豆蔻，我只好忍了，依旧堆起笑容，说道："我找豆蔻。"

两条黑狗傲慢地说："那你请回吧，我们才村没有叫豆蔻的狗。"

我说："不可能的，她当初明明告诉我她在才村的，她是只小灰土狗，今年该有十二岁了……"

他们不耐烦地嚷起来了："滚滚滚，告诉你没有就是没有，再不滚兄弟就不客气了，看在你一把年纪的份儿上就放你一马，别不知好歹。哼，你们这些城里狗，一看就来气，哪里有点狗的样子？”

他们的语气像极了我年轻的时候，我没有跟他们理论，默默转身迈着踉跄的步伐回到了古城。

阿俏看我独自出门那么久，担心不已，柔声劝我：“老友，你已经老啦，以后不要再自己出门啦，知道吗？”

我无力地点点头，给她一个微笑。

人一生要面对的终极哲学问题就是自己和世界的关系，要面对的终极现实问题就是“当你老了”。我们狗也是如此。前一个问题，活到我这个岁数自然而然也就明白了；而后一个问题，我觉得运气的成分居多。像我现在这样，老眼昏花，牙齿快掉光了，腿软得站都站不起来，再也不能蹦跳承欢。一切像是回到了出生之初，狗粮要泡软了吃，吃着吃着会睡过去，上楼梯需要人抱，而我的主人阿俏，待我一如当初。虽然我只是一只土狗，我的主人没有嫌弃我的血统低贱，也没有觉得我样貌丑陋，她对我就像朋友一样，我从不需要讨好她，她也从不逼我做任何事。当我老到令人生厌的时候，她依然悉心地照顾我，安慰我，陪伴我，没有一丝厌弃。作为一只老狗，这是多么大的幸运！而我的豆蔻，哦，想起她的名字，我就止不住要哭。我的豆蔻，她也老了，她有没有被这样温柔相待？

当初是我怯懦，我成全了自己，得到善终，抛下了她，以致今日分隔两地生死未知。可是如果时光倒流，我依旧不能勇敢地跟她奔向自由，因为我就是只怯懦的公狗。她说得对，我虽然脖子上没有狗绳，但我的心早就被阿俏给的安逸太平拴得死死的。

我欺骗了豆蔻，我从来都不是一只勇敢的公狗，其实阿俏当年收养我并不是因为我长得有多帅气英武，而是可怜我。当年她见到我的时候，我只剩下一口气了。

那时我已经在街头流浪了一年多，她把我抱回家的时候我正在生病，我的后腿被博爱路的一只猎狼犬咬伤，伤口发炎流脓，一条腿几乎废掉。流浪狗嘛，总是免不了要打打架的，不然怎么在街上抢食。只是没想到那只叫大令的猎狼犬能战藏獒，狗日的一点也不讲江湖规矩和同胞义气，我身高不及他三分之一竟然也下口咬我。当然啦，也怪我那时候年轻气盛，看他长得白白净净斯斯文文的，以为他不过跟古牧、萨摩耶那些傻大个一样中看不中用，冲他吼了两嗓子。就为这两嗓子，几乎要了我这条狗命。我在城墙根下一个角落里足足躺了三天没挪窝，然后就被散步的阿俏发现了，她把我带到了宠物医院医治，后来又带我回了家。她为我起名叫“高大壮”，其实是希望我以后能长得更高更大更壮，不要再被别的狗欺负。

我欺骗了豆蔻，我留在古城的确不是为了报阿俏的恩，而是因为我的怯懦，我已经不敢再去流浪，光是想想那年躺在城墙根底下求生不能、求死不得的日子就不寒而栗。人尚且不敢同命运争斗，何况是条狗。说起来，我能活到今天，不止是因为运气好遇到了阿俏，最重要的是我识时务。大理这个镇上所有的狗我都认识，其中有不少是我的仇家，但是现在他们都死了，当年咬伤我的那条猎狼犬大令第二年就死于老鼠药，我的好朋友二饼，还有瞎子，他们都走了，只有我还活着。

可是，当我想起我的豆蔻，眼泪便涔涔而下。人们经常骂人“年纪都活到狗身上了”，可是我作为一条狗，又活了这么些年，却不知道有什么用处。那些在我身上流走的岁月，它们摇松我的牙齿，薅掉了我身上的狗毛，使我老眼昏花，双腿乏力，再下去我就要大小便失禁了，哦，这是我想要的吗？

年纪只能使我感到悲哀。

这世界上大多数人也如我一样吧。所以，无数人为了寻找他们梦想中的自由生活而来到大理，我不知道他们是否找到了自己想要的东西，而我呢，我这一生算是衣食无忧，该有的都有了，可是却仿佛没有活过。我感激我的主人阿俏，我与她相伴这一生，一点也不后悔。但是，如果有来生，我一定跟豆蔻一起去红尘做伴潇洒流浪——如果有来生的话。